음악의 신

이창연 장편소설

초판 1쇄 찍은 날 | 2018년 5월 10일
초판 1쇄 펴낸 날 | 2018년 5월 17일

지은이 | 이창연
펴낸이 | 예경원

기획 | 위시북스
편집책임 | 이규재
편집 | 이즈플러스

펴낸곳 | 예원북스
등록번호 | 제396-2012-000132호
등록일자 | 2012. 7. 25
KFN | 제1-257호

주소 | 경기도 고양시 일산동구 호수로 646-24 위너스21 II 빌딩 206A호 (우)10401
전화 | 031-819-9431 팩스 | 031-817-9432
E-mail | yewonbooks@naver.com

ISBN 979-11-6098-941-0 04810
979-11-5845-408-1 (set)

※ 이 도서의 국립중앙도서관 출판시도서목록(CIP)은 서지정보유통지원시스템 홈페이지(http://seoji.nl.go.kr)와 국가자료공동목록시스템(http://www.nl.go.kr/kolisnet)에서 이용하실 수 있습니다.

음악의 신

WISHBOOKS MODERN FANTASY STORY

이창연 장편소설

Wish Books

CONTENTS

음악의 신

1화

월드의 중심, 이강윤을 흔들어라(2)

[회장…… 님?]

[아, 실례했습니다. 예상을 전혀 못 했어요.]

강윤은 차분히 표정을 수습하며 조희영 기자를 바라보았다.

이번 스케줄은 홍보팀에서도 고르고 골라잡은 스케줄이었다.

강윤도 이번 스케줄이 곧 다가올 콘서트와 앞으로의 행보에 영향을 준다는 걸 알고 직접 나섰다. 하지만 이런 제안은 답을 주기 힘들었다.

조희영 기자도 강윤의 고민을 알았는지 몸을 더더욱 앞으로 내밀었다.

[저희도 공짜로 받겠다는 건 절대 아니에요.]

[…….]

[대륙은 넓죠. 한국에선 이 땅을 황금같이 본다고 들었어요. 하지만, 이곳 여론은 한국인들에게 결코 호의적이지 않죠. 만약 회장님이 수락하신다면 저희가 월드 홍보의 선두 주자가 되어드리죠.]

조희영 기자는 눈을 가린 앞머리를 쓸어 넘기며 가방에서 서류 하나를 꺼내 들었다.

비어 있는 서류의 맨 밑에는 사장의 직인이 찍혀 있었다.

[저희 인터뷰에 응해주시기만 하면, 이 서류에 회장님이 원하시는 조건을 채워도 좋다는 동사장님의 지시가 떨어졌어요. 저흰 이 회장님의 기사를 원해요. 진심으로.]

진심이 느껴졌지만 섣불리 답할 사안은 아니었다.

결국 강윤은 잠시 생각할 시간을 요청하고는 밖으로 나갔다.

조희영 기자는 강윤의 뒷모습을 걱정스럽게 보던 민진서에게 말을 걸었다.

[진서 씨는 회장님과 MG 시절부터 함께하셨죠?]

[맞아요. 아, 제 인터뷰는 회사에 도움이 된다면 실어도 괜찮아요.]

[어머나. 계 탔네. 감사해요. 가만있자…… 배우에게 프로듀서가 꿈을 주었다? 자세하게 듣고 싶은데요?]

조희영 기자는 홀로 남은 민진서를 보며 눈을 빛냈다.

민진서는 테이블에 손가락을 두들기며 답했다.

[기존 회사와 선생님, 그러니까 회장님의 관계가 그렇게 좋지는 않았어요. 전 회사에서…… 아, 이 말은 빼주세요. 서로에게 좋지 않을 것 같아요.]

[걱정 마세요. 이 이야기는 그냥 알고만 있을게요.]

조희영 기자는 수첩과 녹음기를 한쪽으로 치워 버렸다.

민진서는 잠시 머뭇대다가 이내 결심한 듯 말을 이어갔다.

[MG 사람들은 선생님을 좋아하지 않았어요. 특히…… 윗사람들과 많이 그랬던 것 같아요. 선생님이 만들어 놓은 시스템은 고스란히 이어갔으면서 막상 선생님은 배척했죠.]

[회장님 정도면 오히려 편으로 끌어들이는 게 낫지 않았을까요?]

[선생님이 파벌에 들 사람이 아니었거든요. 연예인과 미래만을 생각하는 사람이라서…….]

[……이해가 가네요. 유난히 뛰어난 데다 원칙주의자라……. 위에선 아주 싫어할 만한 캐릭터겠어요. 그런데 회장님이 사회생활을 못하시는 분도 아닌 것 같던데…… 월드도 그 전 회사 사장님과 함께 설립했잖아요?]

[그 부분은 저도 잘 몰라서 답을 드리기 어려울 것 같아요.]

일부러 말하지 않는 것 같았지만 조희영은 수긍했다.

[알겠어요. 그래서 가수 프로듀서와 배우 지망생이 어떻게 만난 건가요?]

[에디오스 때문이었어요.]

[에디오스요?]

조희영 기자는 자신도 모르게 수첩을 폈다. 중요한 내용이 나올 것 같은 예감에서였다.

[당시에 회사에서는 모든 여자 연습생이 걸그룹 후보였어요. 누구를 미리 점찍었다, 이런 말이 전혀 없었죠. 그 선발 책임자는 선생님이었고요.]

[그래요? 진서 씨라면 걸그룹을 했어도 정말 잘했을 것 같은

데…….]

민진서는 고개를 절레절레 흔들었다.

[저는 그때부터 연기 이외에는 관심이 없었어요.]

[흐음…… 그래요? 하긴, 지금 모습을 봐도 다른 곳에는 눈을 안 돌리니.]

[……아무튼 그때 전 연기자 연습생이었는데, 회사에서 연기 연습을 못 하게 했었어요. 너도 걸그룹 후보라면서.]

[어머나.]

[그런데 책임자인 선생님이 그러셨어요. 재능을 꺾으면서까지 회사 지시에 따를 이유는 없다고.]

[아아, 멋있는데요?]

홍조를 띤 민진서를 보며 조희영 기자의 눈이 한순간 빛났다.

'……역시.'

눈가에 깃들어 있는 호의, 아니, 그것을 넘어서는 무언가가 있었다.

[그렇게 걸그룹 책임자였던 회장님이 진서 씨를 빼주신 거군요.]

[네, 원 회장님까지 설득해서 제 드라마 섭외까지 하게 해주셨어요. 지금 생각해 보면…… 선생님이 절 알아보신 것 같……]

끼익.

그때, 문이 열리며 강윤과 강기준이 돌아왔다.

[즐거워 보이는군요.]

의자를 빼며 자리에 앉은 강윤을 향해 조희영 기자는 미소를 지었다.

[뒷담화는 언제나 즐거운 법이죠. 그렇죠?]

[맞아요.]

[뭐라고?]

[하하하.]

까르르 웃음이 터지는 가운데, 조희영 기자는 수첩을 다음 페이지로 넘겼다.

[충분히 쉬셨으면, 다시 시작해 볼까요? 진서 씨, 감사해요. 정말 도움이 많이 됐어요.]

[아니에요. 도움이 되었다면 저도 좋죠. 잘 부탁드려요. 선생님, 전 이만 가 볼게요.]

강윤이 손을 흔들자 민진서는 고개를 숙이곤 자신의 방으로 돌아갔다.

엘리베이터를 타고 숙소로 올라가는 민진서를 바라보며 조희영 기자의 눈매는 서늘하게 빛났다.

'……확실해.'

기자로서의 감이었다. 캐보면 뭔가가 나올 게 분명했다.

[기자님 요청은 수락하겠습니다. 대신…….]

[어머나, 기뻐라. 그럼, 당장 시작…… 아, 잠시만요.]

조희영 기자는 급히 수첩을 열어 뭔가를 적었다.

「민진서, 이강윤.」

자신과 진서의 이름을 적어놓은 것을 보고 강윤은 의아해하며 인터뷰에 들어갔다.

♪♬♩♪♬♬♪♪

"어서 와."

희윤은 조심스럽게 대문 안으로 들어서는 세 여인을 웃음으로 맞았다.

주위를 둘러보는 연습생 강세미부터, 예의 바르게 고개를 숙이는 김지민, 멀뚱대며 눈을 껌뻑이는 하예리까지.

개성 넘치는 3인조는 강윤의 집에 입성하며 저마다 소감을 드러냈다.

"……저택 정도는 될 줄 알았는데."

"사실…… 저두요."

하예리와 강세미는 평범한 이층집을 보곤 의아한 눈치였다. 회장이라는 이미지에 어울리지 않는다는 의미였다.

하지만 집 안으로 들어서니 눈이 휘둥그레졌다.

"……뭔 장비가 이렇게 많아?"

벽 곳곳에 매달려 있는 스피커부터 방 절반은 거뜬히 차지하고 있는 음향 장비, 컴퓨터, 거기에 방음판까지. 겉으로 보이는 집과 내부는 판이하게 달랐다.

"……꼭 여기라고 우긴 이유가 있긴 하네."

어깨를 으쓱이는 김지민을 향해 하예리는 고까운 눈빛을 쏘았다.

김지민과 일행은 익숙하게 거실 소파에 앉았고, 희윤과 작업 중이던 김재훈도 방에서 나와 함께 소파에 앉았다.

"이, 이거 스캔들 거리 아니야?"

하예리는 한집에 살고 있는 김재훈과 희윤을 보며 눈이 휘둥그레졌지만 이내 이 집의 주인이 강윤이라는 걸 생각하곤 부끄러운 상상이라도 한 건지 얼굴을 가렸다.

차를 마시며 희윤이 물었다.

"……오빠가 마음껏 쓰라고 했었나?"

"아, 네. 아하하하."

희윤의 눈꼬리가 묘하게 올라가는 가운데, 김지민이 어색하게 웃었다. 그러고 보니 안주인은 희윤이었다. 집안의 실세는 안주인이었다.

눈치 빠른 강세미가 끼어들었다.

"그, 그냥 견학만 하고 갈……."

"오빠 방에서 해. 도움 필요하면 오고."

그런데 허락은 순식간에 떨어졌다. 허탈할 정도로.

희윤과 김재훈이 자기 방으로 돌아간 후, 세 사람도 강윤의 방으로 들어갔다. 각종 장비의 향연이 펼쳐진 것을 보고 하예리는 감탄을 감추지 못했다.

"……해송 오빠보다 장비발 더 죽이는 듯."

그 말에 김지민의 눈매가 치켜 올라갔다.

"장비발이라니. 그게 무슨 말이야?"

"……뭐가? 장비발이라는 말이 뭐 어때서? 화를 내고 지X임?"

"뭐? 또 입에 걸레 물었어?"

"걸레? 어디 걸레 문 입에 깨물려 볼래?"

별것도 아닌 한마디에 두 사람은 불꽃을 태우기 시작했다.
'이 언니들 왜 이러실까.'
그러거나 말거나, 이미 익숙해질 대로 익숙해진 강세미는 장비 전원을 켰다.

연예소식9(娱乐消息9)의 편집장, 지위강(第渭刚)은 조희영 기자의 인터뷰 내용을 보며 흐뭇한 미소를 지었다.
[최고야. 좋아!! 역시 우리 최고의 에이스다워.]
[감사합니다.]
[월드의 회장을 인터뷰해 오다니, 이번 달은 대박이겠어. 거기에…… 흠.]
지위강 편집장의 눈이 특정 부분에서 멈췄다. 민진서를 인터뷰하며 급히 적었던 내용들이었다.

「강윤과 민진서의 관계, 의심의 소지가 있음.」

짧은 말과 함께 그 말을 뒷받침하는 근거들이 나열되어 있었다.
지위강 편집장의 눈매가 천천히 좁아져 갔다.
[……일단, 이건 빼지.]
[네? 편집장님. 이거까지 실으면 이번 달은……]
[아니, 빼자.]

지위강 편집장은 단호하게 고개를 저었다. 조희영 기자가 놀란 얼굴로 책상에 양팔을 댄 채 몸을 앞으로 기울였다.

[한구어 고우주입니다. 그 이야기를 실으면 내용이 더 풍성…….]

[이번 달만 장사할 거야?]

[그건…….]

[이건 나한테 맡기고. 이강윤 인터뷰 내용이나 편집해 봐.]

민진서 인터뷰는 빼면 안 된다며 조희영 기자는 몇 번이나 의견을 내세웠지만 편집장은 단호하게 고개를 흔들었다. 결국 수긍하지 못한 조희영 기자는 한숨지으며 편집장실을 나서야 했다.

홀로 남은 지위강 편집장은 민진서의 인터뷰 내용을 보며 중얼거렸다.

[……이런 돈 되는 정보를 그냥 내보내기엔 아깝지.]

잠시 시계를 보던 그는 전화기를 들었다.

[아, 예. 안녕하십니까, 강 총경리님. 하하하. 접니다, 지위강.]

전화기에서 들려오는 목소리를 들으며, 그의 입꼬리가 기분 나쁠 정도로 높이 올라가고 있었다.

♪

뙤약볕이 쏟아지는 화창한 날.

콘서트 날이 밝았다.

베이징 주 경기장으로 들어가는 입구에는 헤아릴 수 없이 많은 사람으로 북적대고 있었다.

[거기, 거기!! 새치기하지 마시고!! 줄 좀 섭시다!!]

[내가 먼저 왔거든?]

R, S석 외에 따로 마련된 스탠딩석을 예매한 사람들은 조금이라도 가까이 앉기 위해 전날부터 줄을 선 사람들과 늦게 도착한 사람들 간의 실랑이가 벌어졌다.

관객 인원만 10만 명이 넘는 대인원이 몰려들었다. 질서유지를 위해 공안까지 출동했다. 팬들 사이로 물과 음료를 파는 상인들과 방송국에서 나온 사람들, 심지어 암표를 파는 상인들까지. 베이징 주 경기장은 아침부터 인산인해였다.

"……그날이 오기는 오네요."

베이징 주 경기장 입구를 내려다보며 이현지는 어깨를 늘어뜨렸다. 뭔가가 끝나간다는 느낌에 조금은 마음이 편해지는 기분이었다.

하지만 그녀 옆에서 담배를 태우던 강윤의 눈가에는 힘이 잔뜩 들어가 있었다.

"네, 이제 시작이죠."

"……하기야. 먼저 갈게요. 손님들이 도착했다네요."

이현지는 강윤의 등을 가볍게 두드리곤 돌아섰다. 담배를 비벼 끄는 강윤의 옆에 있던 최경호가 말했다.

"……준비는 완벽합니다."

강윤도 동의했는지 고개를 끄덕였다. 바쁜 스케줄 중에도 수없이 많은 리허설을 거쳤다. 게다가 월드의 모든 인맥을 동원해 최고의 시설과 최고의 연출자들도 섭외했다. 이전에 생긴 안전문제 탓에 더더욱 많은 신경을 썼다.

경기장 안쪽에 화려하게 조명이 번쩍이는 것을 보며 강윤은 말했다.

"가죠."

강윤이 내민 손 위에 모두의 손이 겹친 지 얼마 지나지 않아 에디오스와 다이아틴의 콜라보 콘서트가 시작되었다.

최경호와 함께 공연장 안으로 들어가니 에디오스와 다이아틴 멤버들이 무대 의상을 입고 최종 리허설을 하고 있었다. 거대한 무대의 바닥과 벽은 연신 빛나며 화려함을 뽐냈고, 앞에서는 불꽃이 치솟으며 정점을 찍었다.

-우리 함께 하는 거야- Oh-

두 그룹의 노래에서 하얀빛이 일렁였다. 모두에게서 나온 음표들이 커다란 빛을 만들어내며 일렁이며 안에서 뭔가가 나올 기세를 보였지만 정작 다음 빛인 은빛은 새어 나오지 못했다.

'번잡한 느낌이군.'

가수에게서 흘러나오는 생생한 음표들과는 달리 무대 효과에서 흐르는 빛은 양은 많았지만 어딘가 약했다. 잘못 본 건가 하고 눈을 가늘게 뜨며 관찰했지만 틀림없었다.

그렇게 고민할 동안 모두의 노래가 끝이 났다.

[수고하셨습니다.]

에디오스와 다이아틴 멤버들이 강윤과 최경호가 있는 곳으로 다가왔다.

"우리 어땠어요? 좋았어요?"

정민아가 다짜고짜 얼굴을 들이밀며 물었다. 에디오스 멤버들이야 정민아라는 캐릭터를 오래 겪었기에 그러려니 했고, 다이아틴 멤버들도 함께 부대낀 경험이 있는지 당황하지 않았다.

강윤은 턱선을 쓰다듬었다.

"좋았어."

"……진짜요?"

강윤의 눈빛을 살피며 정민아는 연신 캐물었다. 은근히 소심한 탓이었다.

'하여간.'

모두의 눈이 빛나는 것을 보며 강윤은 피식 웃었다.

"최고였어. 이대로 가자."

"예에~!!"

에디오스와 다이아틴 멤버들이 환호성을 지르며 대기실로 간 후, 최경호가 강윤에게 물었다.

"아쉽지 않으셨습니까?"

강윤의 의중을 파악했는지 최경호가 묻자 강윤은 고개를 끄덕였다.

"……네, 하지만 가수에게 뭔가를 요구할 시간은 없잖습니까. 바꾼다면 다른 곳에서 바꿔야죠."

"하긴, 하지만 그들도 고집이 있어서 조심조심 말해주셔야 할 겁니다."

"네, 충고 감사합니다."

"아닙니다."

곧 최경호가 핸드폰을 들었고, 무대 연출가와 조명, 음향 감독까지 모두 강윤에게 다가왔다.

강윤은 콘티와 함께 조금 전의 곡에 대해 이야기하며 무대 연출과 음향을 약간만 수정해 달라고 요청했다.

그러자 무대 연출가의 표정이 묘해졌다.

"……반드시 해야 하는 겁니까?"

"그런 건 아닙니다. 부탁이죠."

"흠……."

무려 회장의 말이다. 이게 말이 부탁이지 요구나 다름없지 않을까?

감독들은 떨떠름했다. 그들의 생각을 안 최경호가 손을 들었다.

"자자, 다들 회장님이 어떤 분인지 알면서 그래. 충분히 생각해 보고 말들 맞춰봐. 회장님 생각이 좋은 것 같으면 하고, 아니면 원래대로 하면 되니까. 뭘 그렇게 복잡하게 생각해?"

"……알겠습니다."

강윤이 다른 '갑'들과 다르다는 걸 모두가 잘 알았다.

잠시 생각하던 무대 연출가는 고개를 끄덕였다.

"알겠습니다. 그런데 애들을 다시 세울 수는 없어서……."

"스태프들을 세우는 걸로 가죠. 감독님들이야 워낙 눈이 좋으신 분들이니……."

"너무 태우시지 마십시오. 민망합니다."

감독들은 돌아간 후, 보조 스태프들을 무대에 세우고 조명과 음향을 수정했다. 크게 수정하지는 않았다. 약간 조명 톤을 옅게, 저음도 살짝 뺐고, 특수 효과 시간도 조금 줄였다.

'……이만하면 되겠군.'

바뀐 효과를 보며 강윤은 고개를 끄덕였다. 스태프들도 만족했는지 콘티에 수정한 것들을 적어 나갔다. 가수와 함께 확인해 보는 게 최고였지만 이만하면 문제는 없을 듯했다.

스태프들과 인사를 마친 후, 강윤은 이현지가 있는 귀빈석으로 향했다.

[이거, 동사장님 오셨습니까?]

이현지 옆에 있던 하야스 백화점의 리웬타오 사장이 반갑게 손을 내밀었다.

[어서 오십시오. 와주셔서 감사합니다.]

[하하하. 투자자로서 당연히 와야죠.]

평소 냉막함이 흐르는 리웬타오의 얼굴에는 웃음이 피어 있었다. 오늘 콘서트에는 그의 지분도 꽤 포함되어 있었다. 그 결실을 맺는 날이니 웃음꽃이 필 수밖에.

[오늘 의외의 사람들을 많이 봅니다. 특히 신 오류 총경리님 같은 분까지…… 식견도 넓히게 됐지요.]

그는 옆에 있던 부동산 재벌, 신 오류를 가리켰다. 월드의 연습생 루리와 차오의 오빠이기도 한 그는 강윤과 손을 맞잡고 부드러운 미소를 지었다.

[언제 하는가 했더니, 그날이 오긴 오는군요.]

[네, 다 총경리님 덕분입니다.]

[나야 뒤에서 자본만 대는 사람이죠. 현장에서 뛰는 게 진짜 어려

운 일이죠.]

귀빈석에는 많은 사람이 자리했다. 그동안 이현지가 상대하던 월드의 투자자들부터 강윤과 함께 일을 해오던 방송국 사람들부터 타 소속사 사람들까지 있었다.

강윤과 이현지는 모두와 일일이 인사를 하며 이야기를 나누었다.

모든 준비를 마친 무대는 거대한 천막으로 가려졌다. 수많은 사람이 왁자지껄 입장하며 주 경기장의 좌석부터 스탠딩석도 사람들로 빼곡해졌다.

[어마어마하군요.]

[……중국에서도 이런 대규모의 콘서트는 처음입니다.]

[양놈들도 이런 크기의 콘서트는 거의 없다더군요. 우리니까 가능하죠.]

귀빈석의 사람들은 저마다 한마디씩 하며 엄청난 숫자의 관객들에 입을 벌렸다.

사람들이 자리를 모두 메우자 타이밍 좋게 석양이 졌다. 그와 함께 경기장 끝에 설치된 수많은 조명이 일제히 무대와 사람들을 비추기 시작했다.

[와아아아아아아아아아---!!!]

천지를 뒤덮는 거대한 함성이 경기장을 덮었다.

그와 함께 천막이 휙 걷혔다.

쾅!!

드럼 소리와 함께 화려한 밴드 음악이 터져 나오고, 환호성은 더더욱 커져 갔다. 음악이 흐르자 조명은 더더욱 화려하게 무대를 비춰갔다.
하지만…….
[뭐야?]
한참이나 연주는 계속되었지만 정작 무대 위에는 아무도 없었다. 환호하던 사람들은 어리둥절했다. 음악은 커져 갔지만 사람들은 서서히 집중력을 잃어갔다.
[어디 갔어?]
[언제 나와?]
사람들이 웅성대는 그때.
뚝.
음악이 멈췄다. 조명도 일순간 멈췄다. 그러다가 천천히 조명이 무대를 스르륵 스쳐 갔다.
한 번 스쳐 갈 땐 아무것도 없었다. 그러나 두 번째 스쳐 갈 때…….
[어? 와!! 어?]
빛에 무언가가 비쳤다. 사람의 실루엣이었다. 하지만 빛이 다시 스쳐 가니 무대 위의 사람은 다시 사라졌다.
[뭐야?]
사람들은 어리둥절했다. 나타났다, 사라졌다. 무대 위에는 몇 번이나 사람들이 나타났다 사라지길 반복했다.
그러다가 3, 2, 1, 0.
쨍그랑!!
소리와 함께 스크린과 바닥에 무언가가 깨지는 영상이 퍼져 나가며 모든 조명이 일제히 켜졌다.

-닫혀 버린 유리성 안에 빛나는 무지개를 보며--

노랫소리가 터져 나오며 에디오스와 다이아틴, 11명의 멤버들이 무대 위에 등장했다. 마치 처음부터 그 자리에 있었던 것처럼, 준비 자세 그대로, 자연스럽게.

[와아아아아아아아아아아-!!!!]

마음을 들었다 놨다 하는 등장과 함께 에디오스와 다이아틴의 콜라보 콘서트는 화려하게 막을 열었다.

-站在这里的日子就(여기 서 있는 날 봐줘)

-对我来说你啊 诺诺~(내겐 너뿐야 예예~)

11명의 목소리가 일제히 터져 나왔다. 그와 함께 강윤의 눈에도 수많은 음표가 합쳐지며 새하얀 빛이 퍼져 나갔다.

하얗게 일렁이는 은빛을 보며 강윤은 눈매를 좁혔다.

'시작은 나쁘지 않아.'

불꽃이 터져 나오고, 조명들이 화려한 색을 더할수록 은빛은 더더욱 일렁였다.

무대 앞과 바닥의 스크린에 떠오른 강세경과 정민아의 춤에 사람들은 헤어나지 못했고, 한주연과 지현정의 노래는 모두를 강하게 매료시켰다.

-我的耳朵悄声告诉我说你(내 귀에 속삭여 줘--)

콘서트장에 모인 팬들의 떼창에 믹서의 게이지가 확 올라 음향기사의 눈이 휘둥그레졌다.

노래의 마지막, 이삼순과 한효정이 한쪽 눈을 찡긋하며 손가락을 흔들었다.

-내 귀에 속삭여 줘- 我的耳朵悄声告诉我说你-

[와아아아--]

두 보컬의 목소리가 메아리치며 조금씩 음악이 사라져 갔다.

페이드아웃.

점점 작아지는 음악에 맞춰 조명도 조금씩 어두워지더니 이내 주변이 어둠으로 물들었다.

[어어? 뭐야?]

사방이 어두워지니 팬들이 동요하려 할 때, 스크린에 에디오스와 다이아틴의 영상이 떠올랐다.

–안녕하세요. 에디오스, 다이아틴입니다.

간략한 콘서트 준비 과정이 빠르게 그려지며 스태프들 사이에서 분투하는 두 그룹의 모습이 그려졌다. 연습실에서 땀 흘리는 모습, 콘서트장에서의 최종 리허설까지. 많은 장면이 빠르게 스쳐 갔다.

그리고 마지막.

–이제 너희 차례야.

에디오스가 다이아틴의 등을 떠밀며 영상은 끝을 맺었다. 그와 함께 바닥 스크린이 열리며 케이크 모양의 장치가 위로 부상했다. 그 케이크 위에 다이아틴의 멤버 강세경이 있었다.

[강세경이다!!!]

[오오!!]

언제 옷까지 갈아입었는지, 바비인형 같은 모습의 강세경은 인형 같은 경직된 팝핀 댄스로 주변의 환호를 유도했다.

천천히 도는 케이크 위에서 춤추는 그녀는 진짜 인형 같았다.

이윽고 마이크를 장착한 그녀의 입이 열렸다.

-对我而言是璀璨闪耀的王子(당신은 나에게 빛나는 왕자님-)
投进你怀里的话闭上眼睛(당신 품에 안기면 눈이 스르륵 잠길 듯-)
梦想那温暖的我的王子(그 따뜻함을 꿈꿔요, 나의 왕자님--)

입만 달싹이는 그녀의 모습에 팬들은 숨을 죽였다. 여유 있게 흐르던 반주도 천천히 느려졌다. 그렇게 음악이 멈추며, 강세경도 멈췄다.

1, 2, 3…… 4.

드럼 치는 소리와 함께 케이크가 열리며 화려한 음악이 터져 나왔다. 그와 함께 한 무리의 여자, 다이아틴 멤버들이 환호성을 지르며 뛰어나왔다.

-想和你一起走新的白色路(당신과 함께 새하얀 길을 걷고 싶어요)

[와아아아--!!]

한 손에 마이크를 든 4명의 여가수를 향해 팬들이 손을 들며 소리쳤다.

오프닝과는 또 다른 화려함을 보여주는 무대에 무대를 관람하는 사람들은 정신을 차릴 수가 없었다.

귀빈석에 앉아 있던 리웬타오 사장은 입을 벌리고 다물지를 못했다.

[오오, 오오!!]

한국 가수들이 수준이 높다는 건 알고 있었다.

[류양!!]

[네, 네?!]

[잘했어!!]

그는 옆에 앉은 류양 이사의 어깨를 세게 치고는 손을 들며 소리쳤다. 평소의 냉막함은 사라진 지 오래였다.

'저놈이 복덩이네.'

저 멀리 보이는 강윤을 바라보며 류양 이사는 씨익 웃었다.

신 오류는 쓰고 온 안경을 몇 번이나 고쳐 쓰며 옆에 있던 이현지에게 물었다.

[우리 애들도 분명 저렇게 될 수 있는 거지요?]

진심이 담긴 말에 이현지는 강하게 고개를 끄덕였다.

[물론입니다.]

[……그렇군요.]

이전에도 믿고 있었지만 눈으로 직접 보는 것과는 또 달랐다.

수많은 사람의 환호를 받는 가수들과 동생들이 앉은 좌석을 번갈아 바라보며 신 오류는 흐뭇한 미소를 지었다.

—씨X. 내가 더러워서 나간다, 더러워서!!

—지예 더러운 곳임. 언제 잘릴지 모름.

종합 엔터테인먼트, 지예는 때아닌 구조조정 바람이 불고 있었다.

연습생들을 상대로 한 구조조정.

MG와 예랑이 합병되며 두 배로 많아진 연습생을 모두 데리고 갈 수 없어 내려진 결론이었다.

하루아침에 메이저 소속사에 있다가 거리로 내몰리게 된 연습생들은 가만히 있지 않았지만, 계약금도 없이 들어왔기에 돌려받을 돈이나 권리도 없어 뾰족한 방법이 없었다.

결국 성토할 자리는 지망생들의 성지, 연화넷뿐이었다.

–10년 동안 연습생을 해온 애들을 하루아침에 자르던데요?

–요새는 톱스타만 영입함. 돈 되는 일 아니면 안 하는 듯.

–연옌들도 쉬는 날 없다 함. 신인은 정산이 언제 되는지 알지도 못한대요.

구조조정에 대한 일까지 퍼져 나가니 이전부터 좋지 않았던 지예에 대한 평은 갈수록 악화되었다. 이런 상황은 홍보팀을 통해 강시명 사장에게 보고되었다.

"이런 것들은 그냥 놔두면 다 찌그러져."

"……."

심상치 않다고 이야기하는 홍보팀장의 말에 강시명 사장은 무시로 답했다.

"이런 소문은 나중에 평판에 안 좋은……."

"찌질한 것들 말까지 들을 필요 없다고 몇 번이나 말해? 그냥 놔둬."

"……알겠습니다."

홍보팀장은 입을 몇 번이나 달싹였지만 결국 속에 있는 이야기는 꺼내지 못했다.

강시명 사장은 팔짱을 끼며 눈꼬리를 올렸다.

"중국 쪽에서 온다는 건 어떻게 됐나?"

"그게…… 아직."

"쯧쯧."

강시명 사장은 혀를 찼다.

"그쪽에 들인 돈이 얼만데…… 아지익?"

"죄송합니다. 바로 연락해서……."

"빨리 처리해."

손에 든 것도 당장 집어 던질 기세였다.

홍보팀장이 허겁지겁 뛰어나간 후, 강시명 사장은 거칠게 중얼거렸다.

"마음에 들게 일하는 놈이 하나도 없네. 안이든, 밖이든."

담배에 불을 붙이며 인터넷을 켰다. 기사를 접해보니 별다를 건 없었다.

"……얼마나 지랄 같기에."

궁금한 마음에 '연화넷'에 접속했다. 그가 연습생들 커뮤니티가 중요하다는 걸 모를 리 없었다.

–지예에 지원하려고 합니다. 선배님들, 거긴 어떤가요?

–지예 연습생 3년 차입니다. 절대 지원하지 마세요. 언제 잘릴지 몰라요.

–차라리 지원하려면 월드에 지원하셈. 들어가긴 어려워도 나오기도 어렵습니다.

–월드 짱. 월드 공무원 짱짱맨.

–아, 월드 가고 싶다……ㅠㅠ 지예 꺼졍.

여론은 극악이었다. 대놓고 지예보다 월드를 좋아라 하는 분위기였다. 아무리 지질한 것들의 이야기라지만 그런 이야기들이 자꾸 들려오면 귀가 가려운 법이다.

강시명 사장은 주먹을 떨다가 인터넷을 꺼버렸다.

"……저런 시답잖은 것들 이야기에 휘둘릴 건 없지."

기분이 상한 그는 컴퓨터마저 꺼버리곤 창밖으로 눈을 돌렸다.

"신입들보단 돈 되는 것들이 더 중요하니까."

꺼진 담배에 다시금 불을 붙이며 잠시 쉬고 있을 때, 전화가 울렸다. 조금 전 내려갔던 홍보팀장이었다.

–사장님, 중국 쪽에서 연락이 왔습니다.

"오, 그래? 지위강이가? 뭐래?"

–……조금만 시간을 달라고 합니다.

"……미친놈이 얼마나 뜯으려고."

기대에 찬 얼굴로 전화기를 들었다가 얼굴을 잔뜩 찌푸렸다. 하지만 이내 냉정을 되찾았다.

"……알았다고 해. 오래는 기다리지 않겠다고 꼭 전하고."

–알겠습니다.

전화를 끊은 후, 강시명 사장은 눈을 감았다.

'그래, 얼마나 큰 걸 줄지 보자.'

지예엔터테인먼트, 홍보실.

강시명 사장과의 통화를 막 마친 홍보팀장은 수심에 잠긴 얼굴로 옆에 앉은 직원의 어깨를 두드렸다.

"한 대 태우자."

중국에서 온 문서를 번역하던 직원은 허둥지둥 옷을 챙겨 그의 뒤를 따랐다.

옥상에 올라 담배에 불을 붙이자 홍보팀장은 짙은 연기와 함께 한숨을 내쉬었다.

"우리 사장 말이야, 너무 월드에 집착하는 것 같지 않냐?"

"……그렇습니까?"

조심스러워하는 직원에게 홍보팀장은 찡그린 얼굴로 말을 이어갔다.

"그렇잖아. 월드 아니어도 할 일이 얼마나 많은데. 그 전에 원 사장도 시답잖은 이유로 내쫓아버리……."

"팀장님!!"

직원이 놀라 홍보팀장을 제지했지만 열린 입은 멈추지 않았다.

"괜찮아. 이 시간엔 아무도 없어."

"아무리 그래도…… 어디에 귀가 있을지 모릅니다."

"자르라 그래. 연습생들도 마구 잘려 나가는 마당인데 나 같은 목숨이야 파리지, 파리."

"……."

"강 사장은 월드 집착증이 있는 사람 같아. 무식하게. 인부 아재같이 왜 그러는지."

"티, 팀장님."

안절부절못하는 직원의 시선에도 아랑곳하지 않고, 홍보팀장은 불타는 속을 입으로 달래갔다.

♪♩♫♪♩♬♫♩♪

"콘서트도 한창이겠네요."

시계를 보던 민진서는 콘서트가 한창일 에디오스를 생각하며 중얼거렸다.

아쉬움 가득한 목소리를 들은 김대현 매니저가 운전대를 가볍게 돌리며 물었다.

"왜? 가 보고 싶어?"

"……할 수 없죠. 오빤 이제 운전대 안 잡아도 되지 않아요?"

"어쩌겠어."

김대현 매니저는 씁쓸히 중얼거렸다.

사장인 강기준은 면접 때문에, 민진서의 담당 매니저는 애가 아프다며 한국에 들어간 상황이었다. 게다가 다른 매니저들은 담당 연예인들이 있어서 남는 사람이 왕팀장인 그밖에 없었다.

민진서는 시트를 뒤로 젖히며 눈을 감았다.

"저 조금만 잘게요."

"오케이."

민진서가 잠이 든 후, 김대현 매니저는 액셀을 밟아 스케줄 장소로 향했다.

한참 운전을 해서 가고 있는데, 백미러에 조금 전부터 따라오는 차량이 포착됐다.

"저 흰 차는 뭔데 아까부터 쫓아오지?"

"……네?"

심상치 않은 말에 민진서는 안대를 벗고 일어났다.

"더 자지."

"아니에요. 누가 쫓아와요?"

"어어, 아까부터 계속 따라붙는데. 꽉 잡아."

"꺄."

김대현 매니저는 본격적으로 속력을 내기 시작했다. 그러자 뒤에 떨어져 있던 하얀 차도 속력을 내며 뒤따라왔다.

한참을 달리자 하얀 차는 보이지 않았다.

"대체 그 차 뭐지?"

"그러게요……."

"뭐지? 파파라치인가?"

김대현 매니저는 이상한 느낌에 핸드폰을 들었고, 민진서의 얼굴도 심각해졌다.

♪ ♩ ♫ ♪

1부 다이아틴 무대의 백미는 듀엣곡, 무지개였다.

위진성이 편곡했고, 강윤이 도움을 주자 두 회사의 색깔이

풍부하게 들어갔다. 거기에 지현정과 김지숙의 목소리가 얹어지니 아름다운 하모니가 연출되었다.

게다가 물을 뿌려 무지개를 만들고 봄비 효과까지 더해 모두의 눈까지 사로잡았다.

−在彩虹的天空那边一起(무지갯빛 하늘 저기로 함께)

[지현정!! 김지숙!!]

두 사람의 듀엣으로 다이아틴의 무대는 절정을 향해갔다.

거기에 마지막, 다이아틴의 1집 타이틀곡, 'My Sweet Daring'은 사람들을 열광하게 만들었다.

하얀빛으로 시작해 은빛으로 이어진 무대는 그렇게 마무리되었다.

얼마 지나지 않아 스포트라이트 아래로 중국 전통 악기 '이호'를 연주하는 이가 비쳤다.

[아아아--]

붉은 차파오를 입은 여성이 모습을 드러냈다. 콜라보 콘서트의 게스트, 장페이였다.

[와아아아아--!!]

전혀 예상치 못한 인물에 팬들은 환호성을 질렀다. 가장 인기 있는 여가수 중 열 손가락 안에 드는 가수였다. 동글동글한 얼굴에 긴 다리, 무엇보다도 가창력까지 겸비한 드문 가수였다.

'흐름은 좋아.'

은빛이 계속 이어지는 모습을 보며 강윤은 고개를 끄덕였다.

하지만 뭔가 아쉬웠다.

'금빛이 되려면 뭐가 필요할까?'

이전부터 계속 해왔던 고민이었다. 장페이의 노래를 들으며 강윤은 생각에 잠겼다.

'……결국 은빛이 끝이었어.'

이번 콘서트 때도 수십 번의 리허설을 했지만 결국 금빛은 보지 못했다. 그게 문제였다.

은빛의 무대도 훌륭했다. 하지만 거기에 만족할 수 없었다.

'크고 화려한 게 전부는 아닐 거야. 문희 일도 있으니까.'

인문희의 무대는 이보다 훨씬 작았어도 금빛의 무대였다. 한편, 셰뮤얼 잭슨은 크고 화려했는데 금빛이었다. 도무지 감이 잡히지 않았다.

생각에 잠겨 있는 동안 장페이의 무대가 끝나고 곧이어 에디오스가 등장했다.

-某一天突然成为了傍晚-- 和你一起去的公园(어느 날 문득 떠올랐어. 늦은 저녁 너와 함께 갔던 공원)

화려한 불꽃과 함께 등장한 에디오스는 무대 앞으로 나가 팬들과 하이파이브를 하며 적극적으로 움직였다. 특히 서한유는 무대 밑까지 내려가 팬들과 눈까지 맞췄다.

'어어?'

몇몇 극성팬이 서한유를 자신들 쪽으로 잡아끌려는 시도를 했지만 보안요원들이 사전에 제지했다. 위험한 순간이었다.

무대 위의 이삼순은 몸으로 가볍게 웨이브를 타며 퍼포먼

스를 펼쳤다.

스크린에 분홍빛 사탕, 솜사탕 등이 비치며 여성스러움을 연출했고, 에디오스 멤버들도 볼에 양손을 가져가며 귀여움을 연출했다.

그렇게 에디오스는 은빛의 무대를 펼쳤다.

'……대체 뭐가 필요한 걸까?'

에디오스의 무대가 계속되는 와중에도 강윤의 고민은 계속되었다.

실마리가 잡힐 듯, 잡히지 않았다.

은빛과 금빛의 차이. 이전부터 고민하던 심각한 문제를 오늘은 꼭 해결하고 싶었다.

고민하던 사이 무대는 정민아의 솔로 무대, 'Hot Smile'의 차례가 되었다.

—Do it, do It, do it—

강렬한 비트 때문인지 정민아의 춤에도 힘이 들어갔다. 그녀의 비보잉에도 한층 힘이 더해져 프리징이나 엘보우에도 더더욱 힘이 더해졌다.

[와아아아--!!]

중국의 여가수 중에는 이런 가수가 없었기에 팬들의 환호는 상상을 초월했다. 그 환호에 답하듯, 정민아는 짜놓은 안무에는 없던 윈드밀에 백스핀까지 선보였다. 어렵고 위험해서 자주 하지 않은 그 안무였다.

'정민아 재가…… 어?'

걱정에 물들었던 강윤의 눈이 빛났다.

'금빛?'

정민아에게서 심상치 않은 크기의 음표가 은빛에 흡수되었다. 그러자 은빛이 크게 일렁이기 시작했다.

'사람들 반응도 달라졌어.'

빛이 스미지 않던 뒷열의 사람들에게까지 빛이 스며들기 시작했다. 영향력이 달라지고 있다는 증거였다.

머릿속에 뭔가가 스쳐 지나갔다.

'……그래, 무대에서 개인이 가장 빛날 때. 재능, 무대, 실력 등등. 모든 게 갖춰질 때!!'

강윤은 외투를 걸쳐 입고 무대 뒤편을 향해 뛰어갔다.

'그래, 그 곡이면 되겠어.'

강윤은 급히 떠올린 곡을 콘티 구석에 적었다. 수없이 연습했지만 흐름상 묻을 수밖에 없었던 곡이었다. 그러나 가수의 재능과 관객들 호응을 살리기에 충분한 노래였다.

금빛의 실마리는 잡았지만, 어떻게 표현해 낼지는 또 다른 문제였다. 완전히 다른 성격의 두 그룹이 한 무대에 선다. 그건 결코 쉽지 않았다.

"감독님들, 대기실로 와주십시오."

무전기로 감독들에게 이야기를 전한 후, 대기실 문고리를 잡았다. 또각대는 하이힐 소리를 내며 문 비서가 달려왔지만 배려해 줄 여유도 없었다.

문을 벌컥 열었는데 뜻밖의 일이 벌어졌다.

"꺄아아아아아아악!!!"

찢어질 듯한 비명이 터져 나왔다.

다음 무대를 위해 옷을 갈아입던 에디오스 멤버들이 스커트를 든 손으로 서둘러 몸을 가렸고, 미처 문을 잠그지 못한 여자 매니저들이 서둘러 강윤을 가로막았다.

"회, 회장님."

"이런……."

급한 마음에 노크도 없이 대기실에 들어선 게 화근이었다. 강윤은 급히 대기실을 나섰다.

놀란 가슴을 쓸어내릴 때, 문 비서가 말했다.

"제가 들어가 볼게요."

문 비서가 노크한 후 안으로 들어섰다. 얼마 지나지 않아 문이 열렸다.

"회장님, 들어오셔도 됩니다."

안으로 들어서니 옷을 다 갈아입은 에디오스와 다이아틴 멤버들이 얼굴을 붉힌 채 맞아주었다. 뜻하지 않은 해프닝 탓에 모두가 다른 곳으로 시선을 둔 채였다.

강윤도 민망했다.

"……미안."

"괘, 괜찮아요."

한주연이 대표로 이야기했다.

[와아아아아아--!!!!]

한편, 정민아의 무대에서 비롯된 함성은 점점 커져 갔다. 무대가 절정으로 치닫고 있다는 뜻이었다.

민망함도 잠시였다. 시간이 없음을 느끼고, 강윤은 모두에게 손짓했다.

"할 말이 있어서 왔어. 앙코르 때 해줬으면 하는 게 있어서."
진지한 눈빛으로 강세경이 물었다.
"어떤 곡인가요?"
"10년 후, 추억."
익숙한 곡이었다. 에디오스 멤버들이야 별 이견 없이 고개를 끄덕였지만 다이아틴 멤버들은 심상치 않은 얼굴로 서로를 바라보았다. 작곡가로서의 강윤이야 당연히 믿었지만 콘서트는 또 다른 문제였다.
주예아가 말했다.
"감독님들한테 물어봐야 할 것 같은데요."
"그래야지. 오고 계십니까?"
강윤이 무전기 버튼을 누르자 목소리가 들려왔다.
-네, 다 왔습니다.
무전이 끝나기가 무섭게 노크 소리와 함께 문이 열렸다. 벙거지를 쓴 남자와 보라색 조끼를 입은 남자, 레게머리가 돋보이는 남자와 정장 차림의 최경호가 대기실에 들어섰다. 조명, 음향, 그리고 연출 감독들이었다.
"미안합니다. 바쁜 건 알지만 중요한 일이 있어서 불렀습니다."
"아닙니다. 무슨 일이십니까?"
연출가 신영준이 대표로 물었다. 예의 있는 어조였지만 다급함이 드러났다.
강윤도 서둘러 본론을 이야기했다.
"앙코르 때 '10년 후, 추억'을 추가했으면 합니다.

"아아, 마지막에 뺐던 곡이군요. 관둥예(关冬野)의……."

음향 감독과 조명 감독도 눈매를 좁혔다.

대륙에서도 가장 사랑받는 여가수의 노래로 국민 가요라고까지 불리는 노래였다. 추억이라는 가사에 맞지 않게 밝은 느낌의 사랑 노래지만 아련함보다 밝은 느낌을 주는 가창력을 요하는 노래였다. 거기에 안무까지 있었다.

신영준 연출이 아미를 좁혔다.

"콘티에서 뺀 곡으로 압니다만……."

"맞습니다. 앙코르라면 괜찮지 않을까요?"

"앙코르라면 괜찮긴 합니다만……."

신영준 연출과 강윤 사이에 이야기가 오갈 때, 에디오스, 다이아틴 멤버들도 속삭이느라 바빴다.

'은근 키 높은 그거 맞지?'

'동선도 헷갈리던데.'

'세경 언니가 연습 엄청 했잖아, 민아랑 싸우면서. 아깝던데. 다시 해?'

'괜찮을까?'

속삭이는 소리는 점점 커져 갔다.

"……영상 하나에 조명은 최대한 밝게 간다면 가능하다?"

"지금 시간에 디테일까지 맞추기는 어렵습니다만, 그 정도는 가능합니다."

"알겠습니다."

감독들과 말을 맞춘 강윤은 박수를 쳐서 가수들의 시선을 모았다.

"이 곡을 꼭 해줬으면 하지만…… 강요할 수는 없어. 너희 역량에 달린 거니까."

"……."

모두가 고민할 때, 한주연이 말했다.

"알겠습니다. 해볼게요. 회장님이 저희에게 틀린 말을 하실 리는 없으니까……."

자리에 없는 정민아를 제외한 에디오스 멤버들 모두는 서로의 얼굴을 바라보며 고개를 끄덕였다.

반면, 다이아틴 멤버들은 고개를 갸웃했다. 강세경은 좁아진 눈매를 한 채 입을 열었다.

"……1분만 주세요."

"알았어."

다이아틴 멤버들이 머리를 모았다. 하네 마네 하는 소리들이 오가며 의견을 모아갔다.

"……앙코르 하나 더 하면 어때? 다들 좋아했던 곡이잖아?"

"리허설도 안 해봤잖아. 불안하지 않아?"

"연습은 많이 했어. 쟤들도 자신하는데, 해볼 만하지 않을까?"

의견이 분분했다. 쉽게 답이 나오지 않았지만 에디오스 멤버들이나 감독들은 일절 나서지 않았다.

1분, 아니, 3분 정도 지났을까.

소리가 천천히 잦아들고 강세경이 고개를 돌렸다.

"해볼게요."

"알았어. 그럼 준비해 볼까?"

"네!!"

힘찬 답변과 함께 감독들은 서둘러 자리로 돌아갔고, 가수들도 대기실에서 대열을 갖추며 연습에 박차를 가했다. 강윤도 자리로 돌아와 다시 무대를 지켜보았다.

얼마 지나지 않아 정민아의 솔로 무대가 끝났다.

에디오스 멤버들 모두가 무대 위에 올랐다. 2곡이 이어진 후 다이아틴 멤버들도 무대 위에 올랐다.

마지막 순서였다.

[모두 일어나세요!!]

[함께 놀아볼까요?]

관중들의 함성이 하늘을 찔렀고, 수많은 음표가 거대한 은빛을 만들어 갔다.

'혼자 힘으로는 부족했나?'

아름다운 빛이었지만 강윤의 미간이 좁아졌다. 정민아의 무대에서 보이던 은빛에 섞인 금빛은 온데간데없이 사라진 탓이었다.

아쉬운 은빛만이 무대를 가득 메우니 쓴웃음만이 나왔다. 은빛만으로도 관중들은 즐겁게 할 수 있었지만 아쉬웠다.

'……앙코르가 남았으니까.'

팔짱을 낀 채 마지막 앙코르곡, '10년 후, 추억'이 나오기를 기다렸다.

에디오스의 노래, 다이아틴의 노래로 이어지는 메들리가 끝난 후 앙코르가 이어졌다. 번역되지 않았던 두 그룹의 노래들과 친숙한 중국 노래들로 무대는 식을 줄 몰랐다.

그리고 드디어, 강윤이 급히 이야기한 그 곡 순서가 되었다.

[……이제 정말 하나만 남았어요.]

[아아아아아~~]

에디오스의 리더, 정민아가 헐떡이는 목소리로 말하자 진심으로 아쉬워하는 답이 들려왔다.

옆에서 마이크를 잡은 강세경이 답했다.

[이번 곡은 모두가 함께하실 수 있는 곡으로 준비했습니다. '10년 후, 추억'.]

[와아아아아아아아!!!]

제목을 말하자마자 관객들에게서 환호성이 터져 나갔다. 강세경이 말을 못 하는 사이, 정민아가 마이크를 잡았다.

[여러분이 좋아하시는 곡인 만큼, 정말 열심히 준비했어요. 팬분들, 정말로!! 사랑합니다.]

[와아아아아--!!]

[그럼, 다음에 또 만나요. 아듀~~!!]

[에디오스!!]

[쥬얼리, 퓨어~~~ 다이아틴!!]

그룹들의 구호가 끝난 후, 스트링 소리가 흘러나왔다. 천천히 흐르던 스트링 소리는 경쾌한 피아노 전주로 바뀌더니 드럼 연주와 함께 밝은 리듬에 얹혔다.

그와 함께 11명의 여인이 무대 위에 일렬로 섰다. 양팔로 원을 그리며 일제히 군무를 추기 시작했다.

-与风吹来的你的回忆-(바람이 실어다 준 너와의 추억들-)

크리스티 안과 지현정이 만든 화음이 콘서트장에 퍼져 나갔다. 두 사람이 만드는 음표가 은빛으로 화려하게 빛났다.

앞선 두 사람의 저음을 김지숙과 이삼순이 한층 끌어올렸다.

–再次与你重逢的时间–(다시 찾아올 너와의 시간들–)

은빛이 일렁이기 시작했다.

음색이 달라지자 정민아와 강세경이 본격적으로 몸을 흔들었다. 춤에 집중하기 위해 마이크조차 차지 않았다.

–无法再回去的时间我会永远珍藏(다신 돌아갈 수 없을 이 시간들을 나 영원히 간직할 거야)

그룹의 메인 싱어들, 한주연과 지현정의 목소리가 고음으로 뻗어 나갔다. 메인 댄서 정민아와 강세경이 무대 중앙에 나와 화려하게 돌며 서한유와 주예아를 센터로 이끌었다.

[오, 오오오!!]

무대 맨 뒤, 팔짱을 끼던 사람들이 자리에서 일어났다. 강윤의 눈에 비치던 은빛이 금빛으로 물들기 시작했다.

'짐작이 맞았어.'

강윤은 무릎을 쳤다. 재능 있는 가수가 제대로 된 무대에서 가장 화려하게 빛나는 순간이 계기가 된다. 그게 금빛이었다.

이 자리에 모인 엄청난 숫자의 관객들 모두를 하나로 묶어 자신들에게 빠져들게 만들었다.

"하하하!! 하하하하!!"

'……왜 이래?'

옆에 있던 음향기사가 미친 듯이 웃음을 터뜨리는 강윤을 의아한 눈빛으로 바라보았다.

하지만 가수를 빛나게 할 수 있다는 기쁨은 콘서트가 끝나고 관객들이 퇴장할 때까지 계속되었다.

♪♬♩♪♬♫♩♪

–에디오스, 다이아틴 첫 중국 콘서트 대성공. 10만 넘는…….

–국내 최초 첫 해외 콜라보 콘서트 성공. 월드 성공 행보 어디까지?

–월드와 윤슬, 협력의 콜라보로 대륙 정복!

–대륙을 휩쓴 한류 열풍. 에디오스, 다이아틴 10만 넘는…….

중국은 물론 한국에서도 에디오스와 다이아틴의 콘서트 소식은 대서특필되었다.

10만이 넘는 인원을 동원하는 콘서트는 한국은 물론 아시아에서도 매우 드문 케이스였다.

이 콘서트로 월드 스테이션은 한류를 이끄는 선두 주자로 인정받았으며 윤슬엔터테인먼트 역시 한류를 선도하는 회사로서 제대로 주목을 받게 되었다.

중국에서 두 회사의 위상이 치솟은 건 말할 필요도 없었다. 콘서트 이후, 에디오스와 다이아틴 두 그룹의 스케줄은 더더욱 바빠졌으며 한류 스타들의 중국 진출은 더더욱 활발해졌다.

♪♬♩♪♫♩♪

"보영아, 뭐 하니. 한잔 따라드려야지."

분홍빛 한복을 입은 여인은 강시명 사장의 웃음 섞인 말에 사기 주전자를 들었다.

배가 불룩 나온 중년 남성은 거만한 태도로 잔을 꿀꺽꿀꺽 넘겨 버리곤 한복 입은 여인을 거칠게 끌어안았다.

"꺄."

"술맛이 좋군."

"그렇죠, 형님. 미인이 따라주는 술은 언제 마셔도 최고 아니겠습니까."

수줍게 얼굴을 붉히는 한복 여인의 자태에 두 남자는 웃음을 터뜨렸다.

유명 인사들만이 은밀히 모인다는 간판 없는 요정에서 두 남자는 은밀한 대화를 주고받는 중이었다.

강시명 사장과 배가 불룩한 남자 모두 VIP 손님이었다.

술잔이 한참 오가고 얼굴이 붉게 달아오를 즈음, 한복 입은 여자도 자리를 비웠다.

두 사람만이 남은 방 안에서 남자는 심각한 얼굴로 턱에 손을 올렸다.

"……그러니까, 우리 쪽에 월드 애들 출연을 보이콧 해 달라?"

"형님, 연예계 전체가 너무 월드 쪽으로 기울어지고 있습니다. 이렇게 되면 방송국도 월드에게 휘둘릴 겁니다. 나중에 월드에서 자기네 애들 안 내보내준다고 보이콧 해버리면 그때는 어쩌실 겁니까?"

"흥, 입만 살았구나. 그 이강윤이가? 거기 애들이야 방송에 관심도 없는 애들인데……."

남자는 탐탁지 않은 눈치였다. 하지만 무시를 당했음에도 아랑곳하지 않고 강시명 사장은 007 가방을 열어 앞에 내밀었다.

"……소용없지는 않겠지."

신사임당으로 가득 찬 가방은 말을 바꾸는 힘이 있었다. 입꼬리마저 흉하게 올라갔다. 강시명 사장의 말에 힘이 실리는 순간이었다.

"역시, 형님의 선견지명은 다릅니다."

"하기야, 월드가 계속 독주하는 게 마음에 걸리긴 했지."

"암요, 암요. 이건 평소 존경하는 마음을 담아 준비한 겁니다. 부담 없이 받으셔도 됩니다."

세상에 공짜는 없었다. 포장을 어떻게 하든 뇌물은 뇌물이었다. 그걸 받는 사람도, 주는 사람도 알았다.

"오늘 내로 알아볼게."

튼튼한 둑을 바라보듯, 강시명 사장은 서둘러 가방을 챙기는 남자를 든든한 눈빛으로 바라보았다.

쏴아아아--

장맛비가 한창인 오후, 김재훈은 HMC 라디오 방송국으로 스케줄을 가고 있었다.

"비가 많이 오네요."

운전대를 잡은 최혁진 매니저는 바삐 움직이는 와이퍼를 따라 고개를 움직였다. 김재훈은 빗방울이 떨어지는 선루프를 멍하니 보며 눈을 껌뻑였다.

"방울이 몽글몽글 퍼져 가."

"……동시 연습하세요?"

"새로운 곡 가사. 별로야?"

"네. 완전. 네버. 절대."

날아든 돌직구에 김재훈의 어깨는 축 처져 버렸다. 하지만 이런 돌직구가 더 유익하다는 걸 아는 최혁진 매니저는 차를 몰아갔다.

얼마 지나지 않아 차는 HMC 방송국에 도착했다.

"안녕하세요, 작가님."

"어머, 안녕하세요. 재훈 씨, 반가워요."

여성 PD인 탓일까. PD는 김재훈의 손까지 잡으며 반갑게 맞아주었다. 작가는 PD의 등을 가볍게 때리곤 김재훈에게 대본을 건넸다.

"아직 미영 씨도 도착 전인데, 재훈 씨는 볼수록 성실해서 좋아요. 볼매, 볼매."

"볼매는 뭔가요?"

"볼수록 매력적이라는 말 모르나요?"

"아하하……."

작가의 당연하다는 말에 김재훈은 어색한 웃음을 흘렸다. PD와 작가는 아무것도 모른다는 얼굴을 마주하곤 킥킥대며 웃음을 터뜨렸다. 귀엽다는 반응이었다.

MC를 기다리며 수다를 떠는데, PD가 핸드폰을 들고 잠시 스튜디오를 나섰다.

얼마 지나지 않아 심각한 얼굴로 스튜디오에 들어선 PD는 김재훈 앞에서 고개를 들지 못했다.

"저기…… 재훈 씨."

"무슨 일 있나요?"

"그게…… 저……."

김재훈이 영문 모를 얼굴을 하고 있을 때, 심상치 않은 기색을 느낀 최혁진 매니저가 다가왔다.

"무슨 일 있습니까?"

"그게…… 하아, 죄송해요."

김재훈이 걱정하고, 최혁진 매니저의 얼굴도 심각해졌다. PD는 결심했는지 안경을 고쳐 쓰며 답했다.

"……게스트가 급히 교체됐어요. 사장님 특별 지시라고. 하, 참…… 이런 경우는 진짜, 어떻게 소화하라고!!"

쾅!!

노를 참지 못하고 뛰쳐나가는 PD를 바라보며, 김재훈과 최혁진 매니저는 벙찐 채 서로를 바라보았다.

2화

잽과 스트레이트의 차이

콜라보 콘서트가 끝나고 며칠 후.

함께 큰 산을 넘은 동지들이 다시 뭉쳤다. 국적, 직업 등 모든 것이 달랐지만 함께 큰 산을 넘었다는 동질감에 분위기는 여느 때보다 뜨거웠다.

[모두 고생하셨습니다!! 건배에!!]

[건배에!!]

신영준 연출의 어설픈 중국어에도 분위기에 잔이 높이 올라가며 분위기는 더더욱 무르익었다.

콘서트의 투자자이며 월드 스테이션 연습생 루리와 차오의 오빠인 신 오류가 제공한 정원은 평소에 흐르던 클래식 대신 EDM이 흘렀다. 상다리가 휘어질 정도의 엄청난 음식들은 끊임없이 계속 나왔고, 사람들은 젓가락을 놀리느라 바빴다.

[회식까지 제공해 주시다니…… 정말 감사합니다.]

[마지막이 가장 중요하니까요.]

강윤과 잔을 부딪치며 신 오류는 손가락을 튕겼다.

[다 돌아올 것도 이미 계산에 있습니다.]

노골적인 말에 강윤은 웃었다.

'어느 나라든 오빠란 다 똑같은가.'

무대 맨 앞에서 눈을 반짝이는 동생들에게서 내내 눈을 떼지 못했었다. 그 모습에서 아픈 동생 때문에 전전긍긍하던 자신의 모습을 떠올리며 동질감을 느꼈다.

오빠들만의 공감대를 형성하며 술잔을 주고받는데 옆에서는 혀 꼬부라진 목소리가 들려왔다.

"……적당히 하지이?"

"지라아아알."

알아듣기도 힘든 한국어들의 향연에 강윤은 이마를 붙잡았다. 신 오류는 손으로 입을 가리며 쿡쿡 웃어댔고, 매니저들은 말리느라 술도 제대로 마시지 못하는 상황이었다.

강윤은 짧게 한숨을 쉬며 고개를 흔들었다.

'……그동안 힘들었으니까.'

이런 날까지 잡으면 스트레스는 어떻게 풀겠는가. 강윤은 그들에게 가지 않았다.

[오, 총경리님. 여기 계셨군요.]

[주 행장님, 안 오신 줄 알았습니다.]

마침 신 오류에게 손님이 왔다. 강윤도 짧게 인사를 하고는 자리에서 일어났다.

홀을 도니 많은 사람이 보였다. 카메라팀부터 연출진, 조명팀 등등 여러 사람이 어루어져 회식을 즐기고 있었다.

하지만 강윤은 그들 사이에 끼지 않았다. 이전과는 달라진 위치 때문이었다. 모처럼 마음껏 즐기는데 끼는 것도 미안했다.

그런 마음으로 간간이 인사를 건네며 홀을 도는데, 한쪽 구석에서 홀로 술잔을 기울이던 이현지가 있었다.

"강윤 씨, 여기로 와요."

그녀도 강윤과 같은 마음이었는지 자리까지 권했다. 이심전심이었다.

"한잔 주시겠습니까?"

이현지는 앞에 놓인 투명한 병을 들어 잔을 채웠다. 강렬한 향이 올라오는 고량주였다.

잔을 부딪친 후, 입가에 술을 댄 강윤의 얼굴이 대번에 찌푸려졌다.

"크으, 세군요."

"하하하. 강윤 씨가 약한 거죠."

"이사님이 센 겁니다. 잠깐, 50도? 이거 불붙는 술 아닙니까?"

병을 들어보니 '50'이라는 숫자가 무섭게 다가왔다. 이현지는 애들 같은 강윤의 모습에 깔깔대며 웃었다. 엄살을 떠는 모습이 평소와 너무 달라 귀엽게 느껴진 탓이었다.

독한 고량주를 단번에 털어 넣고 상기된 얼굴로 턱을 괴자 강윤의 눈이 휘둥그레졌다.

"괜찮으십니까?"

"좋기만 한 걸요. 휴~ 기분이 좋네요. 큰 산을 넘은 기분이에요."

"저도 그렇습니다. 성과도 컸고."

"다음 계획…… 에이, 일 이야기는 다음에 하죠."

"네, 건배하죠. 이사님의 결혼을 위하여?"

"그러죠. 강윤 씨와의 결혼을 위하여!!"

"쿨럭."

가벼운 장난을 치며 술잔을 주고받는데 급한 발소리가 들려왔다. 문 비서였다.

"무슨 일이죠?"

"바, 방해해서 죄송합니다. 중요한 일이라서……."

이현지의 목소리가 사무적으로 변하자 문 비서가 움찔했다.

강윤이 물었다.

"급한 일인가요?"

문 비서는 숨을 고른 후 말했다.

"가수팀에서 연락이 왔습니다. 아무래도 회장님이나 이사님이 아셔야 할 것 같다고…… 재훈 씨 HMC 라디오 스케줄이 일방적으로 취소됐습니다."

"스케줄 취소? 그 정도 일로 급보를 넣은 건가요?"

팀장 선에서 해결할 수 있는 일로 연락을 받았다고 생각하니 눈매가 절로 찌푸려졌다. 항상 몸을 불사르는 그녀에게 이런 시간은 무엇보다도 소중했다.

강윤은 두려움에 떠는 문 비서에게 부드럽게 말했다.
"자세히 말해봐요."
"그, 그게. HMC에서 일방적으로 취소를 했는데 CP나 국장이 아무런 말이 없어서 이상하다고 연락을 드린다고 전했습니다. 재훈 씨 자리는 TBB의 민준이 대신 채웠고……."
"정리하면, 재훈 씨 스케줄이 일방적으로 취소됐고 그 자리를 다른 가수가 채웠다, 이거죠?"
"네, 이사님."
짧은 한숨을 쉬는 이현지의 눈가에 날이 섰다.
강윤이 말했다.
"재훈이가 일방적으로 스케줄을 펑크 낼 애도 아니고. 우리가 HMC에게 잘못한 것도 없는데."
"TBB 쪽과 HMC가 딜을 했을까요? 그렇다고 해도 우리 가수 스케줄을 펑크 내면서까지 자기쪽 가수를 넣을 이유도 없어요."
강윤도 고개를 끄덕였다. 중소 기획사인 TBB에서 월드 스테이션과 척을 질 이유가 전혀 없었다.
"공문은 보냈나요?"
"네, 하지만 답변이 없다고 합니다."
"알겠습니다. 계속 연락하고 최대한 조치를 취해달라고 전달해 주세요."
"바로 전하겠습니다."
문 비서가 전화기를 들고 뛰어나갔다.
그녀의 뒷모습을 바라보며 이현지는 짧게 한숨을 쉬었다.

"……흥은 깨졌지만 조금이라도 즐기고 싶네요."

"같은 마음입니다."

다시 두 사람의 잔이 허공에서 부딪혔다.

며칠 후, 콜라보 콘서트를 모두 마무리 지은 강윤은 한국으로 넘어갔다.

인천공항에 도착해 잠시 자리에 앉아 쉬는데 핸드폰이 울렸다. 해외 전화였다.

–헤이, 이강윤!!

"연주아?"

–뭐냐? 그 반갑지 않은 목소리는?

텐션이 극으로 올라가며 반가움을 표했지만, 돌아온 건 덤덤한 반응뿐…….

그게 화를 자극했는지 주아가 투덜댔다.

–좀 반가워해. 얼마 만인데, 좋지도 않냐? 어?

"좋을 이유는 없지."

–야!!

난데없는 팩트 폭행에 폭언이 터졌고 강윤은 킥킥 웃었다.

"하하하. 콘서트 때문에 바빴거든."

–……하여간, 이 워커홀릭. 누가 고생 많이 했겠어?

"누가 고생을 해?"

–있어, 그런 게. 아무튼 나 조만간 한국 갈 거야. 딱 기다려.

자신감과 오만을 오가는 말투에 강윤은 웃었다. 언제나 한결같았다.

“와도 내가 없을지 모르는데.”

–꼭 있어야 해. 꼭, 꼭. 꼭!! 알았지?

“모른다니까”

–쫌 있으라면 있어. 꼭!! 약속했어!!

뚝.

일방적으로 전화는 끊겼다.

주아는 언제나 변함이 없었다. 처음 만났을 때부터 지금까지 쭉. 한결같기란 쉽지 않았다. 그 모습을 떠올리니 절로 웃음이 흘렀다.

문 비서를 기다리며 강윤은 통화 버튼 옆의 문자 앱을 눌렀다.

–월요일 예능 해피니스 데이, 게스트 이현아 통편집.

–수목드라마 그날, 우리가 함께했던 시간 OST 이현아 곡, 다른 곡으로 교체됨.

–박민창의 이야기쇼 게스트 은하, 통편집.

–라디오 이세영의 일상탈출, 2시의 이야기 고정 게스트 김재훈, 교체.

월드 스테이션 가수관리팀에서 온 문자들이었다. HMC 방송국에서 일어난 일이었다. 예능, 드라마, 라디오 등등 한 방송국에서 굴욕적인 일들을 당했다.

강윤은 이 상황들을 이해할 수가 없었다.

‘십분 양보해서 통편집이야 될 수 있다 쳐. 그런데 OST에서 밀렸다고?’

자존심이 상했다.

이제는 OST 여왕이라고까지 불리는 이현아가 밀렸다니. 수긍이 가지 않았다.

'라디오도 그래. 편성 기간도 아닌데 고정 게스트에서 잘린다? 뭔가 있어.'

이해할 수 없는 일들의 연속이었다. 한 방송사에서 특정 소속사의 연예인들을 차별하는…….

복잡한 생각을 안고 회사로 복귀하니 이틀 전에 먼저 돌아온 이현지가 강윤을 맞아주었다.

여장을 풀 새도 없이 강윤은 심각한 얼굴로 입가를 쓸어내렸다.

"며칠 사이에 일이 많이 터졌습니다."

문 비서가 커피를 내러 나간 후, 이현지는 강윤 쪽으로 몸을 기울였다.

"팀장들 선에서 끝날 문제인 줄 알았는데, 저나 회장님이 나서야 할 문제였네요. 재훈 씨 일로 항의 공문을 보낸 후로 일이 더 꼬였어요. 오자마자 직접 HMC에 연락했는데 답도 없고……."

문 비서가 조용히 커피를 놓고 나갔다. 모락모락 김이 오르는 잔을 입가에 댄 후 강윤은 안색을 굳혔다.

"이유야 어찌 됐든 불합리한 대우에 끌려갈 생각은 없습니다. 정면돌파하죠."

"출연 거부라도 하실 건가요? 그쪽에서 부르지 않는 것과 우리가 거부하는 건 이야기가 달라요. 다른 방송국에도 미운털이 박힐 수 있어요."

강윤은 팔짱을 끼었다.

“명분을 잘 만들어야죠. 중국 쪽에 힘을 쏟는 게 좋겠습니다. 때마침 물도 들어왔는데 뒤에서 밀어주는 격이잖습니까.”

“하지만 본진이 밀리는 상황이잖아요. 한국에서 밀리면 답이 안 나와요. 회장님, 지금 우리가 사방에서 경계를 받고 있다는 거 알고 계시잖아요. 중국도 한국에서 이름값 떨어지면 몸값을 떨어뜨리는 경향이 있고…….”

“그렇긴 합니다만, 이대로 끌려가는 것보다 우리가 주도권을 쥐는 게 백번 나은 선택입니다. 한 방송국만 차별하는 그림으로 가면 할 말이 없으니 공중파 스케줄을 모두 취소하는 게 좋겠습니다.”

“네, 저도 그게 좋다고 생각해요. 대신 끈도 만들어야 해요.”

“끈이라…… 종편은 어떻습니까? AHF 측과 연대를 맺는 거죠.”

“아.”

이현지는 손뼉을 쳤다.

AHF 방송국과는 더 메시지 방송 이후 좋은 관계를 유지하고 있었다. 민진서의 첫 복귀작을 AHF에서 방영한 탓에 관계는 매우 돈독했다. 성과도 대단했고.

“한국 방송은 AHF 스케줄만 하죠. 그쪽에서는 환영할 겁니다.”

“……좋은 계획이기는 하지만 방송국에 미운털이 박힐 수도 있어요.”

강윤은 고개를 흔들었다.

"스타의 힘은 이럴 때 사용해야죠. 사람들이 보고 싶은 스타를 보여주지 않는 게 방송국이라고 할 수는 없잖습니까."

"하여튼……."

이현지는 절레절레 고개를 흔들었다. 하지만 그녀도 그의 이런 면이 좋았다. 누구보다도 그는 '연예'라는 것의 본질에 가까이 있는 사람이었으니까.

"약속 잡고 연락드리죠. 회장님은 재훈 씨 달래주세요. 2년 넘게 한 고정에서 그렇게 잘렸는데 상심이 클 거예요."

"알겠습니다."

이후 강윤은 집으로 향했고, 이현지는 AHF 방송국에 연락을 했다.

GNB엔터테인먼트, 연습실에서는 유나윤과 하예리의 화음이 퍼져 나가고 있었다.

"할 수 없지만--"

"어쩔 수 없어--"

피아노를 연주하며 소프라노 음을 내는 유나윤과 알토음을 내는 하예리의 목소리가 화음을 이루었다. 지나가는 사람들마다 연습실을 새어 나오는 화음에 몇 번이나 돌아보았다.

뮤지컬 '희량애'의 여주인공으로 출연하게 된 유나윤이 홀로 연습이었는데 우연히 들른 하예리가 말도 없이 난입했다. 물론, 결과는 더 즐거웠지만.

책 1권에 이르는 노래가 거의 끝난 후, 유나윤이 물었다.

"스케줄 없어?"

"왜? 빨리 갔음 좋겠냐?"

"그건 아니고……."

"그럼 빨리 쳐 봐. 이거, 이거."

"어머머? 웬일? 알았어."

재촉하는 하예리 때문에 유나윤의 손이 다시 피아노 위를 뛰놀았다. 다시 노래에 몰입한 하예리는 눈을 감고 목소리를 높여갔다.

연습실을 지나치던 허니민트의 멤버, 지나와 예미는 창가로 두 사람의 모습을 훔쳐보다가 고개를 저었다.

"……하예리 쟤 왜 저럼?"

"월드 회장까지 쳤다더니, 맛이 갔나 봐."

멤버 이상설이 스멀스멀 생겨가는 현장이었다.

그때, 그녀들의 어깨에 손을 얹는 이가 있었다.

"뭐 하니?"

"꺄!!"

돌아보니 한영숙 사장이었다. 옥상에서 담배 한 대를 태우고 사장실로 돌아가던 중이었다.

"사, 사장님."

한영숙 사장은 그녀들 너머 연습에 몰입하는 유나윤과 하예리를 보곤 흐뭇한 웃음을 지었다.

"요새 예리가 필을 제대로 받았나 보네?"

"그, 그러게요."

"그런데……."
한영숙 사장의 손에 힘이 들어갔다. 지나와 예미의 어깨가 파르르 떨렸다.
"저런 건 본받아야지?"
"네, 네!!"
이때다 싶었는지 그녀들이 허둥지둥 도망가 버렸다.
"저것들도 월드로 보내볼까? 직빵이네."
유나윤과 노래를 맞춰가는 하예리를 바라보며 한영숙 사장은 흐뭇한 미소를 지었다.

여의도의 한 고급 룸.
강윤과 이현지는 AHF 방송국의 실세들과 만났다.
음악 방송을 비롯한 예능을 총괄하는 민경세 국장과 실세 중의 실세 부사장 김재호였다.
"월드 스튜디오 창립 파티에서 뵙고 처음 뵙습니다. 자주 뵙고 싶었는데……."
김재호 부사장이 농담과 함께 서운함을 섞자 이현지가 여유롭게 받았다.
"저희도 그러고 싶었죠. 하지만 인연이 없었네요. 오늘이라도 이렇게 뵈니 기쁩니다."
"하하하. 오늘이라도 이렇게 뵈었으니 인연이지요. 자, 한 잔할까요?"

김재호 부사장은 유쾌한 사람이었다. 벗겨진 머리가 은은한 조명에 환하게 빛났다. 반면 민경세 국장은 부사장 탓인지 조용했다.

고운 빛깔의 양주가 오갔다. 술잔이 오가며 업계 이야기들이 하나둘씩 오가기 시작했다.

한창 대화가 무르익어 갈 때 김재호 부사장이 그윽한 미소와 함께 본론을 이야기했다.

"회장님과 이사님이 직접 오셨다면 중요한 이야기가 있다는 거겠지요."

"네."

"이제 들어도 될 시간인 것 같습니다."

강윤도 여유로운 미소와 함께 몸을 앞으로 기울였다.

"월드 스튜디오의 차기 걸그룹 데뷔 프로젝트를 방영하고 싶습니다. AHF에서."

민경세 국장의 안색이 확연히 변했고, 김재호 부사장의 입가가 떨리기 시작했다.

"다음 가수가 누가 될지 궁금했는데…… 이렇게 듣게 되는군요."

김재호 부사장은 술잔을 들며 빙긋이 웃었다. 떨리던 입가는 멈춘 지 오래였다.

이현지는 술을 넘기는 강윤을 힐끔 쳐다보곤 김재호 부사장 쪽으로 눈을 돌렸다.

"차기 가수 이야기를 외부에 하는 건 처음이네요."

"허허, 부담되는군요."

김재호 부사장은 미소로 벽을 쌓았다. 강윤과 이현지도 그걸 느꼈다.

'더 꺼내라는 뜻이군.'

중요하게 여기지 않는다면 기밀을 말할 이유가 없다는 건 알겠다. 하지만 부족하다. 이 말이었다.

강윤은 웃음기를 지웠다.

"저희는 AHF와 함께 가고 싶습니다."

"함께 간다는 말에는 여러 가지 의미가 있습니다. 짧게, 아니면 길게도 가능하죠. 영원한 적도 아군도 없는 게 이 바닥 생리니까요."

"짧게 갈 상대에게 기밀을 말할 이유는 않습니다. 저희가 자부하는 게 있습니다. 가수가 우선입니다. 그런 저희가 다음 데뷔에 대한 이야기를 했습니다. 이만하면 답이 되었을 것 같습니다."

김재호 부사장은 속뜻을 알아차렸다. 기획사가 방송국에 원하는 거야 뻔했다. 월드의 차기 가수를 AHF에서 데뷔시킬 테니 소속 연예인들을 우대해 달라는 이야기였다.

"월드가 아니라면 꺼내지 못할 이야기군요."

"신중히 드리는 말씀입니다."

"허허."

김재호 사장은 헛웃음을 짓고는 민경세 국장의 어깨를 두드렸다. 그는 안줏거리로 들고 있던 토마토를 급히 내려놓았다.

"회장님 말씀은 잘 알았습니다. 하지만 청탁으로 보일 수 있다는 건 어쩔 수 없습니다. 방통위도 문제고, 여기저기서 감시하는 눈도 많으니까요. 월드의 신인이 저희 방송국에서 데뷔한다는 조건은 매력적이지만……."

이 정도로는 부족하다. 이 말이었다.

'욕심도 많네.'

이현지가 눈살을 찌푸리는데 강윤은 양손을 들며 빈손이라는 제스처를 취했다.

"확실히 하고 가지요. 청탁이 아니라 제휴입니다."

강윤의 기세에 눌렸는지 민경세 국장은 헛기침을 했다.

"흠흠, 그 부분은 실언했습니다. 하지만 편의를 봐준다는 시선은 어쩔 수 없습니다. 이 부분은 저희에게도 리스크입니다. 연예인이 월드에만 있는 것도……."

그때, 강윤이 쐐기를 박았다.

"월드 스튜디오 연예인들의 방송 활동을 AHF 하나로 제한하겠습니다."

"……네?!"

민경세 국장의 목소리가 높아졌고 잠자코 지켜보던 김재호 부사장은 저도 모르게 책상을 쳤다. 그렇게 되면 우대가 아니었다. 방송사도 좋았다. 월드 연예인들의 고정팬의 숫자는 어마어마했으니까.

이때다 싶었던 이현지도 말을 보탰다.

"앞으로 월드의 모든 연예인은 해외로 진출합니다. 하지만 한국도 소홀히 할 수 없죠. 두 가지를 동시에 소화하려면 무리수가 따를 수밖에 없습니다."

손가락으로 탁자를 두드리며 김재호 부사장이 말을 깔았다.

"……스케줄을 최소한으로, 효과는 최대한으로? 방송사가 분산되면 효율성이 떨어지니까?"

"맞습니다."

이현지가 긍정했고, 강윤이 말을 이어갔다.

"AHF에서만 월드 연예인들을 볼 수 있다고 인식하게 될 겁니다."

김재호 부사장이 고개를 갸웃했다.

"시청률이야 오르겠죠. 하지만 다른 방송사의 미움을 살 수도 있고, 좋은 기획안을 놓칠 수도 있습니다. 이건 어찌할 방법이 없습니다."

"AHF에 집중하는 걸로 보완할 생각입니다."

"만약 우리 프로그램 시청률이 낮으면 어떻게 할 겁니까?"

"그건 방송사 선정을 잘못한 저희 탓이죠. 저흰 새로운 시도로 고정층을 끌어올리고 있는 AHF를 믿습니다. 작가들이나 PD들이 자유롭게 기획을 할 수 있는 곳이 AHF니까요."

"흐음……."

두 사람 사이의 설전이 끝났다.

침묵이 흐르는 가운데, 김재호 부사장은 민경세 국장의 어깨를 두드리곤 손가락으로 밖을 가리켰다.

"한 대 태우고 오지."

"네."

두 사람이 자리를 비운 후, 이현지는 짧게 한숨을 쉬었다.

"쉽지 않네요. 저쪽은 계속 얻어내려고 하는 눈치인 것 같은데……."

"문희 이야기까지 나올 겁니다."

"문희 씨요?"

이현지는 냉수를 마시곤 소파에 몸을 기댔다.

"하기야…… 문희 씨는 방송사들마다 탐내는 아이템이죠. 일본 최고의 가수지만 알려지지 않았고, 사연도 있고……."

"저들은 그걸 원할 겁니다."

"그래서, 다 내주실 건가요?"

이현지가 눈매를 찌푸리자 강윤은 어깨를 으쓱였다.

"원하면 내줄 생각입니다."

"가수야 회장님 전문이니까요. 하지만 너무 다 퍼주는 건 반대하고 싶네요."

"퍼주진 않습니다. 저들을 이용해서 문희가 한국에서 앨범을 낼 수 있는 기반을 마련해 줄 생각이니까요."

"한국에서…… 아, 머리가 아파오네요. 그건 나중에 이야기하죠. 일단 난 산재 신청하러 갈 거예요. 회장님이 너무 힘들게 해서 안 되겠어요."

"경영진은 산재 신청이 안 된다는 거 알고 계십니까?"

"서류 꾸미는 게 내 특긴데, 몰랐나요?"

"공문서 위조는 범죄입니다."

서로 농담을 주고받을 때, AHF 측 두 사람이 돌아왔다. 풍겨오는 진한 담배 향에서 고민의 깊이가 전해졌다.

민경세 국장이 말했다.

"묻고 싶은 게 있습니다."
"말씀하십시오."
"월드의 연예인들을 AHF에만 출연시키겠다고 하셨는데, 유리도 포함되는 겁니까?"
강윤의 말대로 인문희가 언급되자 이현지의 눈이 동그래졌다.
"맞습니다."
민경세 국장이 눈을 빛내며 몸을 가까이했다.
"……단도직입적으로 말씀드리겠습니다. 회장님의 제안을 받아들이겠습니다. 대신 저희 프로그램에 유리를 출연할 수 있게 해주십시오. 단독으로."
단독이라는 말을 유독 강조하자 강윤은 이현지 쪽을 바라보았다. 한번 튕기라는 의도를 알아들은 이현지는 가볍게 안색을 굳혔다.
"그건…… 문희 씨와 이야기를 해보는 게 먼저일 것 같네요. 일본 계약사와의 문제도 있고 기획안도 필요하고요."
옅은 담배 냄새를 풍기며 김재호 부사장이 말했다.
"일본 계약사나 방송사와의 문제는 저희가 해결하겠습니다. 인문희와의 방송이라면 적극적으로 나설 만한 가치가 있지요. 하지만 좋은 기획안이라니. 광범위합니다."
아무리 좋은 기획안을 내도 좋지 않다며 내치면 답할 명분이 없다는 말이었다. 모호한 말을 사전에 막기 위해서였다.
강윤은 미소를 지으며 답했다.
"음악 프로그램을 원합니다. 문희는 방송 출연을 제법 많이 했지만 음악 프로그램 출연은 손에 꼽으니까요. 협회와 갈등이 있어서…….”

“아, 그 이야기는 들었습니다. JAN이었지요? 그런데 그 문제는 해결되지 않았습니까? 일본 가수들까지 JAN에서 대거 이탈하면서 대대적으로 화제가 됐었다 들었습니다.”

강윤은 놀랐다. 인문희에 대해 정말 많이 조사를 했다는 게 느껴졌다.

이현지는 술잔을 내려놓으며 답했다.

“봉합됐죠. 하지만 JAN과 새로운 협회와의 갈등은 여전히 진행 중이라……. 마음만 먹으면 출연을 할 수는 있지만 음악 방송에 출연하면 여러 가지로 복잡하고 말이 많아서…… 콘서트를 주로 돌았죠.”

“알겠습니다.”

방향을 잡자 김재호 부사장은 고개를 끄덕였다. 하지만 강윤은 부족하다는 걸 느꼈는지 난색을 표했다.

“한국 인지도가 부족하다는 것도 아셔야 합니다.”

“걱정 마십시오. 아, 지금 생각한 건데 이런 기획은 어떻습니까? 일본에서 게릴라 콘서트를 여는 겁니다.”

“가능할까요?”

이현지가 의문을 표하자 김재호 부사장은 씨익 웃었다.

“쉽지는 않을 겁니다. 하지만 한일, 공동 방송으로 공문 돌리고 준비하면 가능할 겁니다. 예능과 다큐멘터리를 합친 형식으로 방영하면 시청률도 나올 거고…….”

“알겠습니다. A-Trust와 협의 후 논의해 보죠.”

괜찮은 제안이었다. 강윤의 눈가에도 빛이 났다. 어느새 인문희 이야기로 네 사람은 의기투합해 갔고, 테이블에 빈 술병도 점점 늘어갔다.

♪♩♪♩♪♫♬♩♪

긴 술자리가 끝난 후, 강윤과 이현지는 귀갓길에 올랐다.

술기운이 잔뜩 오른 두 사람을 태우고 문 비서는 먼저 이현지의 집으로 향했다.

분수가 아름답게 내리는 반포대교를 지나며 꼬부라진 목소리로 이현지가 말했다.

"……서로가 윈윈했네요. AHF는 문희 씨 방송을 하고, 우리는 문희 씨 앨범을 낼 기반을 마련하고."

"네, 거기에 우린 신인 데뷔에 우선권을 함께 얻었습니다."

"기준 씨가 좋아하겠네요. 배우들 꽂아줄 곳 생겼다고."

강윤도 동의했다. 민진서 이후의 배우들이 좀 더 수월하게 데뷔할 무대가 생겼으니 C&C도 든든한 기반을 마련했다.

창문을 열고 찬 바람을 쐬며 술기운을 밀어내며 이현지는 턱을 괴었다.

"문희 씨 앨범은 정식 앨범이 됐으면 좋겠네요. 싱글이나 미니 말고. 문희 씨라면 그 정도는 해줄 수 있잖아요."

"당연히 그럴 겁니다. 몇 년 전에 불발된 곡들도 상당하니 오래 걸리진 않을 겁니다."

강윤은 한숨을 쉬었다. 일본에서 인기가 워낙 높아 협의해 한국으로 오기도 쉽지 않았다. A−Trust도 한국 앨범 출시에 동의하지 않았다는 문제도 있었다. 밀어붙였으면 가능했지만, 두 마리 토끼를 모두 잡으려다 잡은 하나도 놓칠 우려가 있었다.

"강윤 씨."

"말씀하십시오."

"연습생들에, 문희 씨, 해외 진출까지. 쉴 틈이 없네요."

"그러게 말입니다."

"더 힘내보죠, 우리."

작은 파이팅 소리가 나고 얼마 지나지 않아 뒷좌석에는 조용한 숨소리가 퍼져 갔다.

"이렇게 일방적으로 스케줄을 취소하는 법이 어디 있습니까?"

HMC 방송국의 음악 예능 프로그램 '박민창의 이야기쇼' 작가, 진소민은 월드 스튜디오의 스케줄 담당 매니저의 전화를 받고 뒷목을 잡았다.

−회사 사정상 어쩔 수 없게 됐습니다.

"아무리 그래도 녹화 3시간 전에 스케줄을 취소하다니요. 하루 이틀 얼굴 본 사이도 아니잖아요. 설마 편집 때문에 그런 거라면……."

−에이, 그럴 리가 있습니까, 작가님. 정말 스케줄이 겹쳤

어요. 지민이가 갑자기 해외 스케줄이 잡혀서. 아, 시간 늦겠네. 미안해요.

"팀장님, 팀장……."

뚜뚜뚜…….

야속하게도 전화는 끊겼고, 작가는 화를 주체 못 해 애꿎은 새끼 작가들만 손가락질했다.

"야이 씨!! 뭣들하고 있어?! 땜빵 찾아야지!! 전화들 돌려 봐!!"

같은 방송국에서 방영하는 '그날, 우리가 함께했던 시간'을 제작하는 프로덕션, '금선지'대표 정민구도 월드의 홍보팀장 강용진으로부터 한 통의 전화를 받았다.

–이현아의 모든 OST를 빼주십시오.

"잠깐만요, 강 팀장님. 한 회 못 나갔다고 그렇게까지 할 건……."

–한 회가 아니라 4회입니다. 계약 위반이죠. 확인해 보시기 바랍니다. 간 보면서 곡 가치를 깎는 제작사와는 일하고 싶지 않습니다.

"잠깐, 말을 너무 심하게 하시는 거 아닙니까? 가치를 깎다니요. 월드야말로 얼마나 곡을 잘 만들……."

–더 드릴 말씀 없습니다. 음원 사이트에 올라가 있는 이현아의 곡들은 다 내려주십시오. 그럼.

일방적인 통보 전화는 그렇게 끝났다. 정민구 대표는 화가 끓어올라 얼굴이 시뻘게졌다.

"지들 노래 아니면 할 곡 없는 줄 아나. 씨펄!!"

월드 연예인들의 스케줄을 일방적으로 취소하거나 통편집을 했던 방송사, 프로덕션은 월드로부터 같은 일을 당했다.

월드가 취소한 스케줄을 채우는 과정에서 강시명 사장의 귀에 자연스럽게 이야기가 흘러 들어갔다.

"……저런, 양 PD님도 곤란하시겠습니다. 알겠습니다. 마침 스케줄 비어 있는 애가 있으니 빨리 보내겠습니다."

박민창의 이야기쇼에 소속 가수, '라미영'을 보냈다. 그렇게 월드 소속 가수들의 빈자리에 지예 소속 연예인들을 보내 빈자리를 채워 나갔다.

약 1시간 동안 방송 관계자들과 통화를 한 후, 후련한 얼굴로 담배에 불을 붙였다.

"어리석긴. 방송국과 척을 지면 앞으로 어쩌려고. 하여간 꽉 막혀가지곤."

허공에 연기를 뿜으며 입꼬리를 올렸다.

"오빠도 스케줄 취소했어요?"

"지민이 너도?"

"언니도요?"

스케줄을 취소하고 회사로 가자는 통보를 듣고 오게 된 월드 스튜디오 연예인들은 서로를 바라보며 멀뚱멀뚱했다.

얼마 지나지 않아 회의실에 강윤과 이현지가 들어왔다.

"안녕하세요."

"안녕, 다들 당황했지?"

모두가 고개를 끄덕이자 강윤은 자초지종을 이야기했다.

통편집 굴욕에 스케줄 취소까지 당했지만 모두가 참았다. 연예인 하면서 그런 일을 겪는 건 당연하다고 생각했으니까. 하지만 강윤이 바로 보복성 취소를 해버렸다고 하니 모두가 당혹감에 눈만 껌뻑였다.

"그, 그래도 돼요?"

이현아의 물음에 강윤은 고개를 끄덕였다.

"괜찮아. 차라리 잘됐어. 앞으로 한국 스케줄은 줄여 나갈 생각이었거든."

"줄여요? 아, 중국."

이현아는 손가락을 튕겼다. 사실 스케줄 수행하면서 외국어 공부하는 게 힘들었었다.

"아직 어려운데……."

이현아의 걱정스러운 말에 이현지가 답했다.

"괜찮아요. 어차피 발음이 부족해도 그쪽에서 다 알아들으니까. 회장님도 발음이 좋지는 않아요."

"발음은 이사님이 좋지."

"그건 맞아요."

이현지가 콧대를 세우자 모두가 웃음을 터뜨렸다.

강윤의 보복성 취소에 걱정스럽기도 했지만 한편으론 속이 시원하면서도 고마웠다. 어떤 일이 있어도 자신들 편이라는 걸 다시 한번 보여주었으니까.

강윤이 말했다.

"방송국 스케줄을 줄인다는 거지, 다른 스케줄을 줄이겠다는 말이 아니야. 알았지?"

"네."

공지를 모두 전한 강윤은 이현지에게 가수들을 맡긴 후, 회의실을 나와 연습실로 향했다.

문을 여니 오지완이 8명의 연습생과 함께 기다리고 있었다.

"오셨습니까?"

"……."

오지완은 인사를 했지만 연습생들은 눈치를 보는지 고개를 푹 숙인 채 들 줄을 몰랐다.

'분위기가 왜 이러지?'

침체된 분위기였다. 여자 연습생들이 모이면 접시 깨지는 소리와 함께 넘치는 에너지가 발산되는 법이다. 그런데 이렇게 침체된 분위기는 좋지 않았다.

의욕 없이 처져 있는 모두를 다시 한번 살핀 후 말했다.

"본격적으로 데뷔 일정을 이야기하려고 불렀어."

"……."

만세를 부를 데뷔 이야기에도 반응이 없었다. 강윤의 표정도 점점 심각해져 갔다.

'애들아.'

오지완이 연습생들에게 눈짓했지만 누구의 얼굴도 쉽게 들리지 않았다.

"애들아."

강윤이 다시 부르자 그제야 모두 고개를 들었다. 하지만 여전히 중국 소녀들은 무심했고, 일본 소녀들은 안절부절못했다. 한국 소녀들만이 그나마 생기가 있었다.

국가별로 다른 반응이 당혹감으로 다가왔지만 냉정을 되찾고 말을 이어갔다.

"다음 주부터 데뷔팀 체제가 시작될 거야. 힘들었을 텐데 지금까지 잘해줬어. 이제부터 A&R 프로듀싱팀에서 직접 관리하면서 데뷔에 맞춰 연습을 할 거야."

"……."

A&R 프로듀싱팀, 회장 직속팀에서 직접 데이터를 보고, 지도를 하겠다는 말이었다. 이전과 같이 팀장이 지시만을 내릴 때와 달라졌다는 이야기였다.

작게나마 고개를 끄덕이는 한국 연습생들을 제외하면 반응은 없었다.

'요새 애들이라 이런가?'

환호하던 에디오스와는 달리 냉랭했다. 당황스럽기까지 했다.

"흠흠. 질문 있는 사람?"

"……."

없었다.

리액션 없는 연습실 분위기에 헛기침으로 민망함을 치운 강윤은 오지완의 어깨를 두드렸다.

'잠깐 보죠.'

오지완도 고개를 끄덕였다. 이 정도로 분위기가 냉랭할 줄은 상상하지 못했다.
데뷔를 위해서 헤쳐 나가야 할 일들이 산더미다. 그런데 처음부터 분위기가 바닥을 치면 안 봐도 비디오, 안 들어도 오디오였다.
이야기를 마친 강윤은 회장실로 돌아갔다.
얼마 지나지 않아 오지완이 회장실 문을 두드렸다. 그도 표정이 밝지 않았다.
문 비서가 차를 내온 후, 강윤은 착잡한 얼굴로 말을 꺼냈다.
"트레이너들에게 받은 보고서의 데이터는 좋았는데…… 분위기가 복병이었군요."
"죄송합니다. 제 불찰입니다."
오지완은 고개를 숙였다. 기본기 단련을 위해 단체 연습을 많이 하지 못한 게 패인이었다.
개인 연습에 집중해서 기본기를 훌륭하게 다져 놨지만 하나라는 소속감을 만드는 건 실패했다.
하지만 강윤은 무턱대고 질책부터 앞세우지 않았다.
"이제라도 시작하면 됩니다. 대책부터 세워보죠. 스케줄을 보니…… 팀으로 모인 횟수가 확실히 적군요."
강윤은 미리 체크해 둔 스케줄 표를 보였다. 체크된 팀 스케줄이 손에 꼽을 정도로 적었다.
"지금까지 기본기에 집중했으니…… 나라가 다르다는 게 이 정도 분리를 가져올 거라는 걸 생각하지 못했습니다."
"두 가지를 모두 잡기는 힘들었겠죠. 진작 들여다보지 못한 내 불찰입니다."
"아닙니다, 회장님."
오지완은 손사래를 쳤다. 민망함에 고개를 들기 힘들었다.
"회장님이 그렇게 말씀하시면 제가 할 말이 없어집니다."
"아닙니다. 일 핑계로 신경을 쓰지 못했습니다. 신 사장에게 그렇게 잘난 척을 해놓고선…… 저도 아직 멀었군요. 그래도 모두 한국어 소통은 가능하게 됐으니 최악은 면했습니다."
"항상 언어를 강조하셨잖습니까. 어설프게라도 소통할 수 있어야 한다고. 안 되면 아무리 실력이 좋아도 데뷔는 꿈도 꿀 수 없다고 전하니 기를 쓰고 하더군요."
"한국에서 활동하는데 한국말을 못하는 건 말이 안 되죠. 아무튼…… 언어가 통한다면 최소한의 조건은 갖췄군요."
"최소한?"
오지완이 의문을 품을 때, 강윤은 커피를 한 모금 넘기고 답했다.
"숙소는 다들 따로 쓰고 있지요?"
"한국 애들은 각자 집에서, 중국 애들과 일본 애들은 연습생 숙소에서 지내고 있습니다. 아."
뭔가를 떠올린 오지완의 동공이 커지자 강윤은 손가락을 튕겼다.
"부대끼다 보면 없던 정도 생기게 마련입니다. 같이 살려면 언어는 필수고. 숙소부터 구해보지요."
"알겠습니다."

바로 일을 시작하기 위해 자리에서 일어서는데, 강윤이 붙잡았다.

"최대한 낡고 허름한, 아주 허름한 곳으로 구해주십시오."

"허름한 곳 말입니까?"

오지완은 당황했다. 연습생 숙소를 허름한 곳으로 구하라니. 가수든 지망생이든 소중하게 생각하기에 나올 수 없는 말이라 반문을 던졌지만 지시에는 변함이 없었다.

며칠 후.

월드 스테이션 사무실은 언제나 그렇듯 분주했다.

김재훈의 발라드가 은은히 흘렀고 키보드, 마우스 클릭하는 소리가 연신 계속되었다.

"은하 씨 스케줄 말씀이신가요? 죄송합니다. 말씀하신 그 날은 해외 스케줄이 있어서요. 네? 스케줄 비어 있는 거 홈페이지에서 확인하셨다고요? 아직 업데이트가 안 돼서 그렇습니다."

"가수 김재훈 씨 '형님의 시간'섭외 말씀이신가요? 확인해 보겠습니다. 잠시만 기다려 주시겠습니까? 18일 2시 녹화는 어려울 것 같습니다. 죄송합니다. 해외 스케줄이 잡혀 있네요. 홈페이지에 스케줄 없는 거 확인하셨다고요? 아직 홈페이지에 업데이트가……."

섭외팀의 전화가 심심찮게 울렸다. 대부분 출연 요청이었지만 대부분 거절했다. 이유도 한결같았다. 며칠 사이 걸려 오는 방송 섭외 전화는 모두 이런 식이었다.

"……다음 주에 연습생들이 숙소에 입주합니다. 아, 기획안을 너무 급하게 써서 엉망일까 걱정이라고요? 당장 방영될 거 아니니까 일단 비디오만 따고……."

홍보팀은 AHF 방송국과의 통화로 바빴다. 회장과 부사장과의 업무 협약이 성사된 후, 실무자 사이의 통화량이 엄청나게 늘었다.

왼쪽 구석에 위치한 총무팀은 머리를 싸매고 있었다.

"회사에서 가깝고, 허름하고, 안전한 숙소가 어디 있다고……."

가뜩이나 없는 머리를 쥐어짜면서 총무팀장은 이를 갈았다.

"그러니까요. 회장님은 다 좋은데 가끔 똥 같은 지시를 하실 때가……."

"쉿."

총무팀장은 입가에 손가락을 댔다.

"여기에 추종자가 몇인데. 입조심해."

"에이, 회장님은 괜찮아요. 걸려도 별말씀 안 하실 것 같은데요."

"그러실 분이긴 한데…… 양심에 찔려서 안 되겠다. 차라리 마녀를 욕해, 마녀를."

"……싫어요. 이사님은 그냥 무서워요. 으으."

생각만으로도 떨리는지 여직원은 몸서리를 쳤다. 옆에 있던 직원들도 몸을 바들바들 떨었다,

총무팀장은 모니터에서 눈을 떼지 않은 채 말했다.

"일주일에 한두 번 볼까 말까면서. 난 매일 보고 할 때마

다 마주쳐야 한다고. 그때 겪는 공포를 아나들?"

"부장님도 대단하세요……."

총무팀 사무실에는 이사님 마녀설이 돌고 있었다.

호랑이는 자기 말할 때 오는 법이다.

"양 부장님."

호랑이, 아니, 마녀(?)의 목소리가 들려왔다. 총무팀장의 심장이 덜커덕 내려앉았다. 다른 직원들은 말할 것도 없었다. 모두의 시선이 강제로 모니터에 고정되었다.

"끅!! 이, 이사님!!"

"내가 말했던 거, 잘됐나요?"

"무, 무, 물론입니다. 다, 다 됐죠."

"어디 볼까요?"

이현지가 모니터를 향해 고개를 숙였다. 고급스러운 향수가 코를 자극했지만 홍보팀장의 등에는 식은땀이 났다. 외면한 직원들이 야속했지만 살아남기 위해 떨리는 팔을 멈추려 애썼다.

다행히 이현지는 그에게는 관심 없는 듯 모니터의 방사진에만 시선이 고정되어 있었다.

"낡고, 넓은 방이네요. 조건에 딱 맞는 방이군요."

"그, 그렇죠. 그렇습니다."

"거리는…… 가깝군요."

월드 스튜디오에서도 멀리 떨어지지 않았다. 버스로 두 정거장 정도에 위치한 주택가에 있는 2층 주택이었다. 5개의 방과 2개의 화장실이 있는 넓은 숙소였다. 하지만 90년대에

나 지어졌을 법한 낡은 시설이 문제였다.

"주변 치안은 어떤가요?"

"멀지 않은 곳에 파출소가 있습니다. 학군도 좋은 곳이라 주변에 문제도 없습니다."

"알겠습니다. 이 정도면 되겠군요. 그때 말했던 것도 문제 없죠?"

"물론입니다, 이사님."

볼일을 끝낸 이현지가 사무실을 나섰다. 그제야 홍보팀장은 안도의 한숨을 쉬었다. 천당과 지옥을 오가는 심정이었다.

안도하던 그때, 뭔가가 떠올랐는지 이현지가 돌아섰다.

"팀원들 앞에서 제 이야기는 자제 부탁드려요, 팀장님."

"……네, 네!!"

남자들을 한껏 쥐락펴락하며 나가 버린 이현지를 보며 여직원들은 눈을 반짝였고, 홍보팀장은 진땀을 뺐다.

인문희의 스케줄은 쏟아지는 여름 뙤약볕만큼이나 많고 뜨거웠다.

엔카의 여왕으로 군림하며 전국 곳곳을 누비다 보니 어느새 일본 모든 연예인 중 가장 바쁜 연예인 1위로 뽑혔다.

일본 소속사 A-Trust는 모든 역량을 동원해 그녀를 지원했다. 사장 코지마 마코토와 프로듀서 츠카사는 갖은 애정을 쏟았다. 덕분에 인문희는 오직 가수 활동에만 집중할 수 있었다.

인문희가 없는 A-Trust 사무실에서는 한창 업무 이야기가 진행 중이었다.

[AHF…… 한국과 일본의 합동 방송이라.]

알 수 없는 얼굴로 코지마 마코토의 목소리가 올라갔다.

월드에서 온 가수관리팀 팀장, 박현진은 차분히 말했다.

[이번 기회에 유리의 한국 인지도를 끌어올린다는 게 저희의 계획입니다.]

펜을 돌리고 있던 츠카사 프로듀서의 손이 멈췄다.

[일본에서의 인기를 이용하고 싶다는 걸로 들리는군요.]

기분 나쁠 수도 있는 이야기였지만 박현진 팀장은 여유로웠다.

[틀린 이야기가 아닙니다. 인지도 차이가 어마어마하니까요.]

코지마 마코토가 말했다.

[이 의도가 아닌 건 알지만 그렇게 들리는군요. 재주는 곰이, 돈은 사람이.]

한국 진출을 원하지 않는다는 말에 츠카사 프로듀서가 한마디를 더 얹었다.

[유리의 창법은 엔카에 적합한 창법이에요. 그런데 한국에서 인기 있는 장르는 아이돌 팝이나 대중적인 발라드로 알고 있어요.]

한국에서는 유리가 통하지 않는다. 그러니 안 될 것 같다. 돌려서 하는 말들이었지만 의도는 명확했다.

박현진 팀장은 손가락으로 턱선을 매만지더니 몸을 가까이했다.

[두 분 말씀 모두 맞습니다. 그러니 서둘러야 합니다.]

[무슨 말입니까, 그게?]

코지마 마코토가 묻자 박현진 팀장의 목소리에 한층 힘이 들어갔다.

[지금 한국에서 트로트라는 장르는 무주공산입니다. 과거에 성공한 가수들 이후 뚜렷하게 떠오르는 강자가 없습니다. 유리라면 반드시 성공할 수 있습니다.]

[……흐음.]

A-Trust의 두 사람은 눈매를 좁혔다. 여전히 마음에 들지 않다는 뜻이었다.

변화를 싫어하는 두 사람을 보며 박현진 팀장은 짧게 한숨을 쉬며 미소를 지웠다.

[회장님께서는 A-Trust와 앞으로도 함께하길 원하십니다.]

[잠깐. 그게 무슨…….]

[하지만 이렇게도 말씀하셨습니다. 월드는 가수가 우선인 곳입니다. 가수 유리가 원한다면…….]

잠시 숨을 고른 후, 박현진 팀장은 목소리에 힘을 넣었다.

[한국에 앨범을 내기를 원한다면 그렇게 할 거라고.]

변화를 싫어하는 두 사람에게 마지막 말은 강한 압박으로 다가왔다.

♪ ♫ ♪

월드의 가수 연습생 8명은 본격적으로 팀을 이루어 데뷔 연습을 시작한다는 공지를 받았다. 그와 함께…….

「〈숙소 입소 공지문〉
이시이 아키나, 이시하라 유이
정유리, 감효민, 양채영, 윤다영
신 차오, 신 루리
이하 8명은 회사 숙소에 입소합니다.
각자 필요한 개인 소지물을 지참해……(중략)…….」

집에는 공지문이 날아들었다. 외국인 연습생 4명이야 숙소만 옮기면 됐지만 집에서 출퇴근하던 한국 연습생들은 멘탈이 붕괴되는 충격을 받았다.

"갑의 횡포야!!"

"이대로 넘어갈 수 없어!!"

괄괄한 감효민과 윤다영은 이런 법이 어디 있냐며 들고 일어났다. 미성년자의 최고 기술, 부모님 소환술을 사용했지만…….

"요샌 월드 공무원이라며? 버티기만 하면 가수 된다는데, 그것도 못해?!"

"회장님이 직접 찾아와서 고개까지 숙이더라. 요년아, 해보고나 말해. 어?"

되레 등을 얻어맞는 굴욕을 당했다. 연습생 부모님이라 월드에 대해서 잘 아는 게 화근이었다. 평소에 연습생 힘들지 않느냐며 어르고 달래주던 엄마, 아빠는 없었다.

외국인 연습생들의 보호자와는 강윤이 직접 통화를 했고, 곧 관계자를 보내서 설명을 해주겠다고 약속했다.

새롭게 시작된 주에 8명의 연습생은 짐을 들고 숙소에 모였다.

"으악!! 이게 뭐야!!"

"미쳤나 봐!! 벽지 왜 저래?!"

새로 벽지까지 발랐지만 감효민과 윤다영은 호들갑을 떨었다. 막내인 정유리는 생전 처음 보는 갈색 마룻바닥이 지저분하게 느껴졌는지 눈매를 떨었다. 양채영은 큰 반응이 없었다.

외국인 멤버들, 이시하라 유이는 눈매를 찌푸리며 거부감을 드러낸 반면 이시이 아키나는 반응이 없었다.

[집에 갈 거야!!]

[차오, 안 돼!! 오빠가 문 안 열어준댔어.]

중국 소녀들 간에는 문을 박차고 나가려는 언니와 붙잡는 동생이 촌극을 벌였다.

"숙소 좋네."

"……."

강윤이 낡은 집 안을 보며 만족스러운 미소를 짓자 소녀들은 온갖 인상을 다 썼다.

'자기 안 산다고.'

'월드 연습생 대우가 이런가?'

'오빠, 여기 마귀가 있어.'

언어는 다양했지만 속마음은 하나였다.

그 마음을 아는지 모르는지, 강윤은 박수를 치며 시선을 모았다.

"각자 짐들 풀고. 방 배치는 이따 받으면 돼."

"……."

8명의 소녀에게서 싫어하는 눈빛이 쏘아졌지만 강윤은 아랑곳하지 않았다.

"외출할 때는 여기 민혜 매니저님께 보고하고, 연습 시간 잘 지키고. 질문 있어?"

질문이 없다는 걸 확인한 후, 강윤은 이민혜 매니저의 등을 가볍게 밀었다. 중국에서 에디오스, 민진서를 함께 돌봤던 매니저였다.

"안녕, 이민혜야. 반갑고……."

매니저와 가수가 인사를 주고받는 동안 강윤은 옆에 선 이현지에게 다가갔다.

'준비하라는 대로 했는데, 정말 괜찮겠어요?'

이현지는 고개를 끄덕였다.

'나도 모르겠다…….'

잠시 이마를 부여잡은 후, 강윤은 다시 한번 목소리를 냈다.

"잠깐만. 주목."

모두의 시선이 쏠리자 강윤은 이현지를 앞으로 내세웠다.

"오늘부터…… 아, 이사님. 직접 이야기하시죠."

강윤은 이마를 붙잡았지만 이현지는 즐거운 모습으로 앞에 섰다.

"오늘부터 나도 너희들과 함께 살 거야. 매니저라고 생각하고 여기 민혜 매니저님처럼 이야기하면 돼. 잘 부탁해."

"……."

이사에게 매니저처럼 이야기하라고? 그것도 연습생이?

신 루리를 제외하고, 모두의 눈에 경악이 찼다.

강윤은 이현지와 연습생들을 번갈아 살폈다. 연습생들 입장에선 난데없는 숙소 생활에 이사까지 덤으로 얹힌 격이었고, 이현지는 환영받지 못한 존재라는 걸 정면으로 마주친 꼴이었다.

강철 같던 여인이 강윤을 향해 돌아선 모습이 애처로웠다.

'이것도 쉽지 않네요.'

강윤은 입맛이 썼다. 이현지가 매우 크게 상심한 탓이었다.

'처음만 이런 겁니다. 앞으로 달라질 겁니다.'

'…….'

거부감은 사람을 의기소침하게 만든다. 시간이 필요했다.

강윤은 다음 순서를 진행하라며 이민혜 매니저에게 손짓했다.

"일단 짐부터 풀자. 이시이부터……."

〈방 1〉 이시이 아키나 / 신 차오 / 감효민

〈방 2〉 정유리 / 윤다영 / 신 루리

〈방 3〉 이시하라 유이 / 양채영

〈매니저 방〉 이민혜 / 이현지

이민혜 매니저가 방 배치 안내문을 보여주자 소녀들은 또 다시 웅성거렸다.

말도 많이 섞어보지 않은 사람과 한방을 쓰게 됐다며 불만도 있었다. 특히 중국 멤버들의 표정이 두드러졌다. 신 루리는 언니 걱정에 안색이 어두워졌고, 신 차오는 이마에 주름이 파였다.

[저 이 방 싫어요.]

신 차오의 말에 이민혜 매니저가 타일렀다.

[차오, 지금 단체 활동 하는 거야. 이의는 이따가…….]

[몰라요. 안 바꿔주면 호텔 잡을 거예요.]

[차오, 여기선 그러면 안 돼.]

동생 신 루리까지 나서 언니를 막아섰다. 지켜보던 강윤의 눈매도 좁아졌다.

'이사님.'

'네?'

'해보시겠습니까?'

강윤이 캐리어를 들었다 놨다 하는 신 차오를 가리키자 이현지는 짧게 신음성을 냈다.

그의 의도는 명확했다. 트러블 메이커를 잡고 주도권을 쥐라는 뜻이었다. 그러나 이현지는 망설였다. 거부감에 기름을 붓기는 싫었다.

그러나 강윤은 단호했다.

'이사님답지 않습니다.'

'…….'

나지막한 말이 아프게 다가왔다. 이 자리, 결코 즐기기 위해 만든 자리가 아니다. 잠시 고민하던 이현지는 캐리어를 끌고 나가려는 신 차오 앞에 섰다.

[어디 가려고?]

[왜요?]

[짐 내려놔.]

철없는 연습생과 40대, 이사와의 눈싸움에 분위기가 얼어붙었다. 누구 하나 움직이지도 못한 채 큰 눈만 굴렸다.

[저 갈 건데요?]

[가수 안 할 거야?]

[할 건데요.]

[그럼 가방 내려놔.]

[싫어요.]

초등학생을 상대하는 기분이었다. 이현지의 이마에 사거리가 새겨졌지만 차분히 대화를 이어갔다.

[회사에는 회사의 규칙이 있는 거야. 그건 지켜줘야지.]

[불편하게 사는 게 규칙이에요? 나 저 애들 안 친해요. 맘 편하게 연습해야 실력도 빨리 늘잖아요. 노래하고 춤만 잘 추면 되는 거 아닌가?]

[아니.]

어린애였다. 철없는 어린애. 무작정 화를 내기보다 이유를 설명해 주는 게 필요하다고 느껴졌다.

[얼굴 예쁘고 노래 잘하는 애들은 많아. 춤? 춤도 엄청나게 많고. 그 애들과 경쟁해서 살아남으려면 뭐가 필요할까?]

[몰라요. 생각해 본 적 없어요.]

[그걸 키우기 위해서 다 함께 사는 거야. 이사인 나도 그렇고.]

[잠깐만요. 아줌마 이사였어요?]

[…….]

그제야 신 차오는 큰 눈을 껌뻑였다. 동생 신 루리가 이마를 잡고 한탄하는 와중에, 분위기는 조금씩 풀려갔다.

[아, 아줌마 아니고. 아무튼. 이제 알겠지? 왜 우리가 함께 살아야 하는지?]

[……어렵다.]

신 차오는 계속 고개를 갸웃했다. 그러나 이미 그녀의 손에 들린 캐리어는 바닥에 떨어진 지 오래였다.

"이 매니저."

"네, 이사님."

"방 좀 볼까요?"

분위기를 수습한 이현지는 연습생들과 함께 방을 살피기 시작했다.

달칵.

"고마워요."

강윤이 건넨 캔커피를 받아 든 이현지는 옥상 난간에 몸을 걸쳤다.

"고생하셨습니다."

"덕분에요."

쓴 커피가 달달하게 느껴졌다. 커피와 함께 담배에 불을 붙이는 강윤 쪽으로 이현지는 몸을 돌렸다.

"애들은 애들이네요. 역시 부딪혀 봐야 알 수 있어요."

"처음엔 떨었으면서."

"그건…… 잊어줘요."

"맨입으로?"

강윤의 장난에 이현지가 가볍게 눈을 찌푸렸다.

"알았어요, 알았어. 한잔하자고요. 희윤 씨랑 해서 다 같이."

"하하하. 알겠습니다."

강윤은 캔커피를 들었다.

"이사님이 연습생 애들과 함께 부대껴 보겠다고 하셨을 때 사실 놀랐습니다. 경영에만 집중하시던 이사님이 갑자기 왜 그런 말씀을 하셨을까? 의문도 들었죠. 그런데 오늘, 안심했습니다."

"그래요? 강윤 씨한테 칭찬을 받으니 기분이 좋네요."

이현지는 강윤의 캔커피에 자신의 커피를 부딪쳤다.

달빛이 내리쬐는 옥상에서 월드의 두 사람은 잠깐의 휴식을 즐겼다.

[월드, 방송국 보이콧.]

월드가 공중파(HMC, SBB, DLE, OTS) 스케줄들을 모두 취소한 것을 놓고 보이콧이라는 소문이 돌고 있음.

HMC는 간판 예능, 해피니스 데이에 게스트로 출연한 이현아를 아무런 언급 없이 통편집했고, 같은 라디오에 고정 게스트로 출연 중인 김재훈도 다른 연예인으로 교체했음. 이에 따른 보복 조치라고 함.

다른 방송국들은 HMC가 심했다고 인정은 하지만 정해진 스케줄을 취소하는 건 너무했다며 HMC의 편을 들었고 이에 월드가 모든 방송국의 스케줄을 취소하게 만든 원인이 되었다고 함. 물론 월드는 부정 중.

일각에서는 HMC의 뒤에 지예나 GNB의 입김이 작용했다는 설도 돌지만 확실하지는 않음. 월드 회장 이강윤의 성향으로 볼 때 쉽게 물러나지 않을 건 확실함.

[엔카 가수 유리 컴백.]

일본 최고의 엔카 가수 유리가 트로트 가수로 컴백한다는 설이 돌고 있음. 언제가 될지는 명확하지는 않음. 월드에서 비밀리에 사람이 일본으로 갔고, 일본에서 유리를 관리하는 소속사와의 계약도 거의 만료라 한국에 돌아올 거라는 설이 유력함.

평소 잘 실리지 않는 월드의 이야기가 증권가 찌라시에 실렸다. 게다가 지예, GNB에 공중파 방송국들까지 얽혀 있어 파급이 어마어마했다.

"월드 애들, 진짜로 방송국엔 코빼기도 안 보인답니다!!"

"뭐 하고 있어? 강 매니저, 아, 아니다. 직접 가지."

찌라시를 접한 중소 기획사들은 사실 여부를 확인할 틈도 없이 방송국에 영업열을 올렸다. 하지만 이미 그 빈자리는 지예의 연예인들이 태반을 차지해서 씁쓸히 돌아서야 했다.

"근 한 달 동안 잡혀 있던 스케줄들 다 빠졌답니다!!"

"뭐 하고 있어? 인터뷰 잡아보지 않고? 홍보팀장 전화 좀 해봐."

기자들도 난리였다. 워낙 내부 이야기가 흘러나오지 않는 월드라 뒤늦게 취재에 열을 올렸다.

"……확실한 건 말씀드릴 수 없습니다. 죄송합니다."

"스케줄을 비운 건 해외 스케줄 때문입니다. 보이콧이요? 사실무근입니다."

덕분에 월드의 홍보팀은 하루 종일 전화 벨소리로 몸살을 앓아야 했다.

보이콧 관련 찌라시는 인터넷 커뮤니티와 SNS까지 퍼져 나갔다.

세이스 검색어 상위권에 랭크될 만큼 관심이 뜨거웠다.

–방송국 뒤에 누구 있는 거 아님?

–지예나 GNB가 뒤에 있는 게 확실함. 월드 좀 그만 괴롭혀라.

–월드도 과하긴 한 것 같아요. 편집 좀 당할 수 있지.

–팝콘 각.

월드와 방송국은 각자 홈페이지에 공지를 올려 사실무근이라며 입장을 표명했다. 기사화까지 되어 대대적으로 보도 되었지만 찌라시의 여파는 쉽게 가라앉지 않았다.

"모처럼 홍보팀에서 일을 잘했군."

며칠 동안 시끌시끌한 여론을 보니 담배까지 맛있었다. 인터넷창을 내리는 강시명 사장의 입가에 웃음꽃이 피었다.

"애초에 통편집을 왜 해가지곤."

아쉬운 부분도 있었다. 처음 딜을 했을 때는 '덜'나가게 해달라고 했지만. HMC의 PD가 너무 열심히 일을 해버렸다. 물론 이 사실을 아는 사람은 극소수. 당연히 강시명 사장도 이 사태가 보이콧까지 치달을 줄은 예상하지 못했다.

어쨌든 더 잘된 일이었다.

"방송국 등에 업고, 떡이나 먹으면 되지."

생각할수록 웃음이 나왔다. 이제야 제대로 된 흐름을 탄 것 같았다.

방송은 거대한 힘이 있다. 제대로 활용만 하면 월드 같은 건 금방 따라잡을 수 있으리라.

'유리 컴백? 사고라도 쳤으면 몰라, 왜 오겠어?'

몇 번이나 같은 내용을 곱씹던 강시명 사장은 고개를 저었다. 그 좋은 시장을 놔두고 불확실함에 투자할 이유 따위 없었다. 얌전하기로 소문난 월드 연예인들이 사고를 쳤을 리도 없고.

'찌라시네, 찌라시야.'

강시명 사장은 코웃음 치며 인터넷을 껐다.

♪♩♬♩♪♫♬♩♪

며칠 동안 월드는 기자와 팬들의 전화로 홍역을 앓았다. 홈페이지는 다운되기까지 했다.

보이콧은 있을 수 없는 일이라며 공식 입장까지 내놓았지만 여파는 쉽게 가라앉지 않았다. 실제로 모든 공중파 방송국에서 월드의 연예인들을 볼 수 없게 됐으니까.

세간에 입이 오르내리면 회사도 어수선해지게 마련이지만 월드 회장실은 평소와 같았다.

"이사님, 얼굴이……."

"요새 잠을 설쳤거든요. 애들이라 시끌시끌하고……."

막 출근한 이현지에게서 뾰루지를 발견한 강윤은 눈치 없게 바로 지적에 나섰다. 이현지는 아무렇지도 않게 손거울을 꺼냈다.

뾰루지 전용 크림을 바르는 이현지에게 강윤이 물었다.

"애들과는 지낼 만하십니까?"

"쉽지 않아요. 한 · 중 · 일 다 모여 사니까…… 말도 많고 탈도 많아요."

이현지는 숙소에서 있었던 에피소드들을 늘어놓았다. 처음에는 아무 말도 하지 않던 애들이 며칠 사이 그렇게 투닥댄다고.

숙소 이야기는 자연히 차기 걸그룹 관련 이야기로 흘러갔다.

"조만간 AHF에서 카메라를 보낸다네요. 일단 비디오부터 확보하고 보자면서."

"그렇게 해주십시오. 이사님도 TV에 나오겠네요."

"애들 중심이라 안 나올 거예요. 마흔 줄 접어드는 여자한테 누가 관심을 준다고……."

"혹시 압니까. 50대 연상 분들이……."

"야."

이현지의 눈에서 레이저가 나오자 강윤은 찔끔했다. 평소라면 가볍게 넘길 말이건만. 스트레스가 이만저만인 모양이었다.

아침 회의 시간이 되자 홍보팀장을 비롯한 팀장들이 회장실에 들어섰다.

"식사들은 하고 오셨습니까?"

강윤은 간단히 안부를 물었고, 곧 회의를 시작했다.

핵심 안건은 AHF와의 협력과 인문희와 중국 진출 관련 안건들이었다.

"중국 소속사 헤수이(河水)와 은하의 진출 시기를 논의하고 있습니다. 다른 소속사들도 에디오스와 같은 소속사 연예인이라는 말에 긍정적인 반응입니다."

"중국의 동영상 커뮤니티에 김재훈의 영상을 올려보는 건 어떻겠습니까? 중국 내에서도 충분히 통할 가창력이라는 결론이 나왔습니다. 사전 홍보로 얼굴을 알려놓으면……."

가수 은하와 김재훈의 중국 진출 관련 안건들이 하나하나 처리되었다. 강윤과 이현지는 관련 보고서를 읽으며 만족했고, 화기애애한 분위기 속에 회의는 쾌속으로 진행됐다.

문제는 AHF 관련 업무였다.

"AHF에서는 한시라도 빨리 유리가 한국으로 오기를 원하고 있습니다. 전속팀까지 꾸려 지원하겠다며 적극적으로 나서고 있습니다."

"A-Trust와는 이야기됐나요?"

이현지가 묻자 일을 진행한 섭외팀장이 고개를 끄덕였다.

"네, 그런데 유리가 한국에서 뿌리내리지 않을까 걱정하는지 눈치였습니다."

"그럴 만해요. 몇 년간 한국에 거의 오질 못했으니까요. 아, 오늘 츠카사 프로듀서랑 문희가 온다고 했죠? 시간이……."

"2시쯤 도착할 겁니다."

1시간 남짓한 회의가 끝났다.

강윤은 쌓인 일들을 처리하기 위해 펜을 들었다. 사무실에서 일을 하다 보니 시간은 금방 흘러갔다.

-회장님, 가수 유리 씨와 프로듀서님 도착하셨습니다.

시계를 보니 어느덧 2시였다.

강윤은 문 비서를 따라 들어선 두 사람을 맞았다.

"회장님."

"문희야."

인문희는 강윤을 가볍게 안았다. 함께 들어온 츠카사 프로듀서와도 인사하며 반가움을 표했다. 그런데 한 사람이 더 있었다.

[아, 오다 씨.]

벙거지와 등에 멘 어쿠스틱 기타가 인상적인 남자였다. 일본의 기타리스트, 오다 후타로였다.

[기억해 주시는군요. 강윤 씨, 오랜만입니다.]

오다 후타로는 강윤이 내민 손을 잡으며 반가움을 표했다. 그를 소개하려고 했던 인문희가 벙찐 상태가 되었다.

[회장님, 오다 씨 아세요?]

[알다마다. 지난번엔 정말 죄송했습니다.]

[아닙니다. 동생분 일은 들었습니다. 정말 다행입니다. 하하하.]

MG의 팀장 시절 아카바시 프로듀서와 함께 찾아와 한국에서의 콘서트를 의뢰했던 것이 인연이었다. 하지만 희윤의 수술 때문에 미국으로 가게 돼서 어찌할 수가 없었다.

문 비서가 커피를 내온 후, 회장실의 이야기는 더더욱 풍성해져 갔다.

♪♪♪

음원 경쟁만큼이나 음원을 발매하는 사이트들의 경쟁도 나날이 치열해졌다.

신흥 진출자 이츠파인과 기존 강자 헤븐과 MD 뮤직 간의 양강 구도는 더더욱 군건해졌다. 이츠파인은 저작권료 인하와 음원의 퀄리티를 높여 본질에 집중했다.

반면 헤븐, MD 뮤직 등은 메이저 소속사들과 손잡고 콘서트나 공개 방송을 유치하며 확장하는 전략으로 맞섰다.

결과적으로 음원 사이트들의 퀄리티는 점점 올라가고 있었다.

"이츠파인 33.6%, 헤븐이 33.4%. MD가 19.2%, 나머지 13.8%라……. 회장님은 전체적으로 좋아지고 있어서 좋다고는 이야기했지만."

전형택 상무의 안면 근육이 일그러졌다. 이제는 점유율을 더 끌어올려 시장을 주도해야 하는데…… 아직 갈 길이 멀었다.

"윤 비서, 커피 한 잔만 더 가져다줘요."

–알겠습니다, 상무님.

하얗게 센 머리와 함께 늘어가는 건 커피였다.

윤 비서가 들어와 커피와 함께 웬 봉투를 올려놓았다.

"뭐죠, 이건?"

"파인스톡에서 보낸 초대장입니다."

전형택 상무는 커피잔을 들며 봉투를 뜯었다. 고급스러운 금빛 수실과 함께 유려한 필기체로 쓰인 초대장이었다.

내용을 보니 절로 눈동자가 커졌다.

'미래산업 박람회? LA? 아, 지난번 그건가?'

얼마 전, 하세연 사장이 술자리에서 이야기했었다. IT에 종사하는 사람들의 꿈의 장소, 미래산업 박람회 초대장이었다.

초대장은 10장이었다. 입장권과 VIP 파티 초대권까지 모두 있었다.

"사장님께서 회장님과 이사님이 꼭 방문해 주시길 원한다고 하셨습니다."

윤 비서가 나간 후, 전형택 상무는 바로 전화기를 들었다.

“花びらは赤く染まっていって―(꽃잎은 빨갛게 물들어 가고―)”

오다의 기타 연주와 함께 인문희의 구슬픈 노랫소리가 회장실을 채웠다.

‘목소리가 더 좋아졌네.’

음표가 만들어내는 은빛에 강윤은 입가에 절로 미소가 피어났다. 가슴이 따뜻해졌다. 엔카 특유의 절제된 분위기와 인문희의 목소리가 어우러지며 듣는 이의 애간장을 녹였다.

‘자네 말이 맞았어. 역시.’

AHF의 김재호 부사장도 목소리에 흠뻑 젖어들었고, 민경세 국장도 벌린 입을 다물지 못했다. 츠카사 프로듀서 역시 눈을 감고 음악에 빠져들었다.

“数多い夜を一人で過ごして､君を懐かしがった(수많은 밤을 홀로 지새우며 그댈 그리워했지)。”

인문희의 눈가에 작은 방울이 맺힌 순간, 은빛 중앙에 이질적인 빛이 일렁였다. 매우 작았지만 확실한 금빛이었다. 노래가 절정으로 향하는 순간이었다.

‘아!!’

순간, 강윤의 머릿속에도 뭔가가 스쳐 갔다. 음표들이 머릿속을 마구 흔들었다. 발로 가볍게 리듬을 타던 강윤은 급히 펜을 들었다. 신문지 귀퉁이에 머릿속에 떠오른 대로 적어갔다.

‘기본보다 변형 2/4로…….’

순식간에 신문지의 여백이 빽빽해졌다. 이미지, 음표, 박자 등 떠오른 대로 적었다. 방송국 사람들이 이상하게 쳐다봤지만 그게 중요한 게 아니었다. 떠오른 영감을 놓쳐서는 안 된다.

"자요."

이현지가 건넨 수첩을 재빠르게 받아 들고 강윤은 음표로 빼곡하게 채웠다.

노래에 집중하던 츠카사 프로듀서마저 그의 집중력에 혀를 내둘렀다.

"君を懷かしがったー(그댈 그리워했지-)"

긴 여운을 남기며 인문희의 노래가 끝났다.

"감사합니다."

인문희는 수줍게 고개를 숙이자 사람들에게서 찬사가 쏟아졌다. 특히 그녀의 노래를 처음 듣는 방송국 사람들의 반응은 더더욱 컸다.

혼자만의 작업에 빠져든 강윤을 힐끔 쳐다본 후 이현지가 말했다.

[A-Trust에서 문희 씨를 잘 다듬어주셨네요. 감사드려요.]

[아닙니다. 당연히 할 일이죠.]

[한국에서도 문희 씨 작업에 참여하길 원하신다고 들었어요.]

이현지는 갑작스럽게 치고 들어왔다. 츠카사 프로듀서는 침착하게 고개를 끄덕였다.

[네, 유리같이 좋은 노래를 하는 가수와는 오래 함께하고 싶거든요.]

[그 마음 잘 압니다. 하지만 이건 일이에요. 한국과 일본은 다른 시장이고…….]

[알죠. 이 회장님 역량에 내가 미치기 힘들다는 것도. 여기가 한국이라는 것도.]

츠카사 프로듀서는 필기에 여념 없는 강윤을 힐끔 쳐다보다가 다시 이현지 쪽으로 눈을 돌렸다.

[그래도 유리에 대해 아는 것만큼은 제가 최고라고 자부해요. 이건 누구보다 자신이었어요.]

[그럴 수 있겠네요. 그동안 유리는 츠카사 프로듀서님과 항상 함께였으니까요. 그런데 프로듀서님은 한국말을 모르시잖아요.]

[그건…… 그러네요. 인정합니다. 하지만 유리도 갑자기 파트너가 바뀐다면 힘들어하지 않을까요?]

조금 전과 달리 거센 설전이 오갔다. 츠카사 프로듀서는 A-Trust의 필요성을 역설했고, 이현지는 한국에서는 다를 거라며 회의를 드러냈다.

민경세 국장은 김재호 부사장에게 통역을 해주며 분위기를 전했다.

'간격이 쉽게 좁혀지지 않겠어. 월드는 다른 소속사를 찾고 싶은 걸까?'

김재호 부사장이 묻자 민경세 국장은 고개를 저었다.

'월드로선 굳이 A-Trust를 고집할 필요는 없죠. 직접 일본 활동에 나서도 될 정도의 기반도 구축했고, 다른 소속사도 더 좋은 계약 조건을 걸고 달려들 텐데…… 하지만 월드가 워낙 예측하기 힘든 곳이라서 모르겠습니다.'

한편, 설전이 오가는 한쪽 구석에선 기타 반주 소리가 약하게 퍼져 갔다.

[어라? 느낌 좋군요. 오, 오.]

강윤에게 받은 수첩에 적힌 악보를 연주하던 오다는 신이 나서 어깨를 들썩였다. 작게 흐르던 기타 소리에 하품만 하던 인문희도 빠져나왔다.

"방금 전에 만드신 거예요?"

"생각나는 대로 적어봤어. 해볼래?"

받아보니 수첩들에 빼곡하게 음표가 적혀 있었다. 인문희는 간단하게 멜로디를 익히고는 기타 연주와 함께 노래를 시작했다.

"기운 내라, 문희야아--"

가이드 곡을 부르는 것처럼 인문희는 목소리를 냈다. 새하얀 빛이 사방을 가득 물들였다.

'실패인가.'

인문희의 트로트에 하얀빛이라니. 실패나 다름없었다. 강윤은 실망한 채 입맛을 다셨다.

8마디를 넘어갈 때, 오다는 강하게 스트로크를 했다. 인문희는 눈을 감은 채 머리 쪽에 힘을 실었다.

"돌아올 거라, 니니가--"

고음이 터져 나왔다. 하얀빛에서 은빛이, 은빛 안에서 이질적인 뭔가가 퍼져 갔다. 금빛의 징조였다.

'뭐지?!'

강윤은 눈을 비볐다. 매우 작았다. 그러나 확실했다.

무대 위가 아니면 절대 보이지 않던 금빛에 강윤은 입까지 막으며 경악했다. 순간적으로 벌어진 일이었다.

노래가 끝나자마자 인문희의 눈이 반짝였다.

“회장님, 이거 최곤데요? 타이틀로 하면 안 될까요? 오다 씨.”

인문희는 오다에게도 의견을 물었다. 오다는 엄지손가락을 들어 뜻을 전했다.

물론 회장실엔 그들만이 있는 건 아니었다.

“……회장님.”

나지막하게 들려오는 목소리에 강윤은 이현지를 향해 민망한 얼굴로 헛기침을 했다. 이곳엔 그녀뿐만 아니라 츠카사 프로듀서나 AHF 사람들까지 있었다. 노래에 빠져 외부 손님들까지 무시하다니. 이 사태를 어떻게 수습해야 하나 이현지가 머리를 부여잡을 때, 츠카사 프로듀서가 눈을 반짝이며 다가왔다.

[이거 방금 전 그 곡 맞죠?]

[아, 네. 떠오른 걸 끄적여 본 건데……]

츠카사 프로듀서는 강윤의 손을 덥석 잡았다.

[이거 느낌 확 오는데요? 타이틀감이에요. 신나면서, 애절하면서.]

[아……]

강윤이 멀뚱멀뚱 눈을 뜨는데 민경세 부장도 끼어들었다.

“회의 시간에도 곡을 만드신 겁니까? 와우. 유리뿐만 아니라 회장님이야말로 방송 거리군요. 찌라시에 나와도 안 믿을 겁니다.”

"이, 이런. 죄송합니다."

"죄송이라니요."

김재호 부사장이 손을 저었다.

"재미있는 걸 봤습니다. 덕분에 강한 확신이 들었습니다. 느낌이 왔습니다. 다른 사람 다 반대해도 제가 밀어붙일 겁니다."

"부사장님."

"허락해 주시면 황금시간대까지 할애하겠습니다."

이현지는 당황했다. 스스로 황금시간대를 내놓겠다니. 좋은 걸 받았으면 좋은 걸 주는 게 인지상정이다.

츠카사 프로듀서도 이때다 싶어 끼어들었다.

[저희도 정식으로 요청합니다. 유리, 그러니까 월드와 함께 일하고 싶습니다. 지난 수년 간 가수 유리와 함께 일해온 노하우를 한국에서 펼칠 수 있게 해주십시오.]

이현지가 나서려 할 때, 강윤이 끼어들었다.

[알겠습니다.]

[회장님.]

너무도 쉽게 답이 나오자 이현지가 만류했다. 하지만 강윤의 말은 끝이 아니었다.

[공동 프로듀싱 어떻습니까? 한국과 일본, 동시 발매로 가는 겁니다.]

[아.]

츠카사 프로듀서는 손뼉을 쳤다. 왜 혼자 프로듀싱 한다는 생각만 하고 함께한다는 생각은 못 했는지.

강윤은 말을 이어갔다.

[트로트와 엔카. 편곡에 따라 무대가 달라지겠죠. 문화에 따라 홍보하는 방식도 다를 겁니다. 츠카사 프로듀서님과 저는 그 방식들을 나누고 전략을 함께 정하는 겁니다. 어떻습니까?]

[반대할 이유가 없어요. 저로선 감사하죠.]

통역으로 듣고 있던 김재호 부사장이 끼어들었다.

[과정은 우리가 담도록 하죠. 알 권리는 우리가?]

[하하하하.]

화기애애한 분위 속에 이야기는 진전되어 갔다. 차후 코지마 사장과 도장을 찍기로 결정한 후, 이야기는 마무리되었다.

모든 이야기가 끝난 후 손님들은 자리에서 일어났다.

"다음에는 기획안을 들고 찾아뵙겠습니다."

[사장님과 함께 찾아뵙지요.]

손님들이 돌아간 후, 강윤은 간단하게 업무를 마무리하고 일찍 집으로 돌아갔다. 회의 중에 작업했던 곡을 완성시키기 위함이었다.

"오빠, 밥 먹……."

"괜찮아."

도착하자마자 강윤은 희윤에게 인사도 하는 둥 마는 둥 하고 방으로 들어가 버렸다.

"무슨 일 있나?"

희윤은 의아해져 고개를 갸웃했다.

컴퓨터를 켠 후, 강윤은 수첩에 기록한 음표들을 입력

했다.

"볼까?"

재생 버튼을 눌렀다. 변형 2/4 박자의 구수한 음악과 함께 사방의 스피커에서 음표들이 흘러나왔다.

"크으으으윽!!"

쾌당.

외마디 비명과 함께 강윤은 머리를 감싸 쥐며 의자 위에서 떨어졌다.

방 안은 짙은 검은빛으로 가득 찼다. 지금까지와는 비교도 할 수 없는 짙은 검은빛에 강윤은 전신을 짓눌렸다.

"오빠!!"

비명에 놀란 희윤이 방문을 벌컥 열어젖히고 들어왔다. 강윤이 괴로운 얼굴로 컴퓨터를 가리키고 있었다. 희윤은 서둘러 컴퓨터의 전원을 껐고, 그제야 강윤의 얼굴에 평안이 깃들었다.

"헉, 헉……."

"오빠, 왜 그래? 괜찮아?"

짧은 시간 동안 무슨 일이 벌어진 걸까?

희윤은 수년은 늙어버린 듯한 강윤의 몰골에 마음이 진정되지 않았다. 가쁜 숨을 몰아쉬던 강윤은 천천히 숨을 내쉬며 호흡을 안정시켰다.

"……괜찮아. 하아."

"괜찮긴. 오빠, 안 되겠다. 병원부터……."

"괜찮아. 별일 아니야."

"별일 아니긴!!"

동생의 소리 높은 비명에 강윤은 난감해졌다. 검은빛 때문에 이렇게 됐다고 솔직히 말할 수도 없고, 병원에 가자니 미친놈 취급받을 게 뻔하고. 설명할 도리가 없었다.

강윤은 진지한 눈으로 동생을 설득했다.

"희윤아, 오빠가 피곤해서 그래. 정말."

"그걸 지금 말이라고 하는 거야?"

"푹 쉬면 괜찮아져. 정말."

"……."

울상 짓는 동생에게 강윤은 병원에 꼭 가겠다는 약속을 해야 했다.

물론 그게 끝은 아니었다.

"오늘은 무조건 자. 무. 조. 건."

희윤은 컴퓨터 선까지 뽑아가 버렸다. 덕분에 강윤은 강제 취침에 들어가야 했다.

침대에 누워서도 음악에 대한 생각은 계속되었다.

'분명 회사에서는 은빛이었어. 그런데 왜 여기서는 검은색이지? 왜?'

이런 일은 없었다. 약간의 차이는 있었지만 가수가 불렀을 때와 컴퓨터로 입력했을 때 큰 차이는 없었다. 그런데 은빛과 검은빛이라는 갭이 발생하다니…….

고민에 잠긴 강윤은 몇 시간이나 자지 못하고 뒤척이고 말았다.

♪♫♩♪♬♩♪

한동안 TV에서 월드 스튜디오의 연예인들을 찾아볼 수 없었다. 사람들은 찌라시를 사실로 받아들이기 시작했다.

방송국과 월드의 힘겨루기에 볼 권리를 침해당했다며 두 곳 모두에 비난의 화살이 날아들었다.

—지들 싸우는 걸 왜 내가 알아야 함?

—월드 애들 잘나간다고 잘난 척 쩜. 회장도 별로임.

—방송국도 ㅂㅅ 인증 중. 음방인데 월드 애들을 왜 자름?

—못 나오게 하는 방송사국이나, 안 나오는 기획사나.

비난이 서로에게 생채기를 남기고 있을 때, 추는 급작스럽게 기울었다.

—우아한 살롱 : 게스트 은하, 프라이데이.

AHF 방송국의 토크쇼, 우아한 살롱에 은하가 게스트로 출연하면서 월드를 향한 비난의 화살은 멈춘 것이다. 월드의 콧대가 높았던 것이 아니라 방송국이 문제였다며 화살이 다 그쪽으로 쏠렸다.

—방송국 놈들, 월드 보이콧한 거 맞네.

—ㅋㅋㅋㅋㅋ 은하 입담 쩌는 듯. 말도 완전 개잘. 이런 애 왜 자

름?

–공중파 망해가는 이유가 있는 듯여.

골수 월드 팬들은 AHF만 시청하겠다며 인터넷 서명 운동까지 벌였다.

이렇게 되니 모양새가 이상해졌다. 찌라시대로 방송사들이 월드를 따돌리는 것처럼 인식되었다. SNS나 각종 포털에 관련 이야기들은 계속 퍼져 나갔다.

–저렇게 재미있는 애들을 왜 통편집함?

–그 PD 능력 없기로 소문났음. 노잼노잼.

–능력 있는 애들은 다 케이블로 갔대요. 공중파 안 봐도 돼여.

여론이 흔들리니 방송국도 가만히 있을 수가 없었다.

공중파 방송국들은 국장의 이름으로 AHF에 월드 연예인들의 출연을 자제해 달라는 공문을 보내기에 이르렀다.

찌이이익.

"무시해, 이런 거."

김재호 부사장은 각 방송국에서 날아온 공문을 찢어버렸다. 부사장실에 모인 PD 중 한 명이 걱정스러운 얼굴로 물었다.

"삐딱하게 나가면 나중에 영상 협조도 못 받을 수 있습니다."

"괜찮아. 나중에는 다 알아서 길 거니까."

무슨 깡으로 그런 말을 하는지.

PD들이 웅성거렸지만 김재호 부사장은 단호했다.

"재네들 다 잽밖에 못 쳐. 기다려. 묵직한 한 방, 스트레이트 한 방이면 족해. 생각보다 오래 안 걸릴 거야."

"스트레이트 말씀이십니까?"

"그래, 기다려 봐. 조만간 큰 게 터질 거니까."

김재호 부사장은 여유로운 미소로 걱정하는 PD들을 다독였다.

3화

위기와 기회가 함께 춤을

짧은 빗소리가 창가를 때리는 오후.

♬♬-♩♩-♪♬

건반 소리가 방 안을 가득 메웠다. 촉촉한 선율이 흘렀지만, 신디사이저를 치는 강윤의 안색은 점점 어두워졌다.

'왜지? 대체 왜?'

검은빛이었다.

심지어 인문희와 오다가 연주한 악보 그대로였다. 은빛, 아니, 금빛까지 비쳤던 그 악보.

몸이 괴롭지 않은 게 천만다행이었다. 대신 혼란이 머리를 짓눌렀지만.

'뭐가 잘못된 걸까?'

틈틈이 만들어 놓았던 다른 곡을 연주했다. 음표들이 흘러나오며 빛이 새어 나왔다.

“또…….”

아니나 다를까. 검은빛이 뿜어졌다. 강윤은 신디사이저에서 손을 뗐다. 분명 하얀빛이 새어 나오던 곡이었는데…….

“이것도 그럴까?”

아예 CD를 넣었다. 출시된 김지민의 곡 ‘Speak Happy Day’이었다. 하얀빛을 뿜어내던 데뷔곡.

“뭐지?!”

완성된 곡을 재생했는데 검은빛이 흘러나왔다. 이젠 눈까지 의심스러웠다. 혹시 스피커가 잘못됐는지 설정도 바꿔보고, 컴퓨터도 밀어보았지만 변화는 없었다.

소득 없이 시간만 흘렀다. 빗줄기가 멎은 오후가 됐다.

출근도 하지 않고 작업만 열중했건만, 검은빛은 변하지 않았다.

허무한 결과였다.

“나 원…….”

집 안에는 아무도 없었다. 냉장고를 열어 찬물을 꺼내 벌컥벌컥 마셨다.

스케줄표에는 김재훈은 지방 행사가, 희윤은 GNB의 가수와 스케줄이 적혀 있었다. 곡 작업을 위해 드나들던 김지민이나 박소영도 오늘따라 코빼기도 보이지 않았다.

모처럼 혼자였다. 거실 소파에 강윤은 누워 버렸다.

‘혹시 이 능력이 사라지는 건?!’

마음이 불안해졌다.

'아니야. 그럴 리가.'

고개를 세차게 흔들었다.

지금의 월드 회장 이강윤을 만들어 온 능력이 이렇게 사라진다? 월드가 모래성처럼 무너질까, 가슴이 쿵쾅 뛰었다. 복잡한 생각을 놓으려 눈을 감았지만 사라지지 않았다.

지잉- 지잉.

핸드폰이 울어댔다.

"여보세요."

-나야.

익숙한 목소리, 주아였다. 액정을 보니 010으로 시작하는 한국 번호였다.

"아, 주아구나."

-뭐야, 좀 반가워해야지.

주아는 여전했다. 괄괄하게 반가워하라며 잔소리를 늘어놓으며 안부를 물었다.

-오늘 저녁에 시간 있어?

"오늘? 한국에 온 거야?"

-어젯밤에. 중요한 일이 있어서. 오빠, 꼭 나와야 해. 꼭.

"중요한 일? 무슨 일인데?"

-있어. 꼭 나와. 꼭꼭. 꼬옥!!

언제나 그렇듯 다짜고짜 나오라며 으름장부터 놓았다.

"스케줄을 봐야 알 것 같은데."

-안 나오면 후회할 텐데.

"후회?"

―응, 절대로. 나오면 내가 복덩이라는 걸 알게 될걸?

스케줄은 없었다. 작곡을 위해 모두 비워두었다. 튕길 이유도 없었다. 머리도 복잡했고.

강윤은 승낙했다. 주아는 빠르게 약속 장소와 시간까지 정해버리고는 전화를 끊었다.

"무슨 일이지?"

의문이 들었지만 이내 지워졌다. 중요한 건 그게 아니다.

강윤은 방 안으로 들어가 다시 작업을 시작했다. 음악과 함께 한숨이 섞여 흘렀다.

큰 진척 없이 시간만 흘러 저녁이 되었다.

강윤은 홀로 주아가 보낸 약도를 보며 여의도를 걸었다.

"하필이면 이런 곳에서 보자니."

약도가 가리키는 곳은 빌딩숲이 만든 골목이었다. 강윤은 투덜댔다. 말은 그렇게 해도 이유는 알고 있었다. 사람들의 눈을 피하기 위해서 모이는 유명인들만을 위한 장소가 있었다.

얼마 가지 않아 간판 없는 철문이 나왔다. 문을 지키는 사람에게 미리 받은 핸드폰 문자를 보여주자 그는 정중히 문을 열어주었다.

투박한 외부와 달리 내부는 다른 풍경이 펼쳐졌다. 레드카펫부터 은은한 조명, 앤티크한 장식품으로 꾸며진 고급 레스토랑이었다.

직원의 안내를 받아 강윤은 룸 안에 들어섰다.

"헤이, 강윤이."

"강윤이가 뭐야, 강윤이……!!"

주아의 장난에 반응하다 보니 옆의 흑인 남성이 들어왔다. 순간 말을 잇지 못했다. 여기 있을 사람이…….

"여, 연주아."

"힛히. 내가 말했잖아. 내가 복덩이라고."

주아는 함께 앉은 흑인 남성에게 손짓했다. 그는 자리에서 일어나 강윤에게 손을 내밀었다.

"아녕하세요. 세무얼이니다."

"아, 안녕하십니까."

흑인 남성이 하얀 이를 드러내며 웃자 강윤도 손을 맞잡았다. 동굴 속에서 들려오는 맑은 목소리였다. 얼떨떨했다. 처음으로 금빛의 무대를 보여준 남자, 세계 최고의 가수 세무얼 존슨을 한국에서 만나게 되다니…….

반면 주아는 희희낙락하며 어깨를 폈다.

애피타이저가 나오는 동안 소개와 간단한 이야기가 오갔다.

세무얼이 말했다.

[칼이 말했어요. 한국에 흔치 않은 센스를 갖고 있는 프로듀서가 있었다고. 칼은 동양인을 원숭이라며 우습게 여기는 나쁜 습관이 있었는데 난데없이 한국 프로듀서라니. 호기심이 생겼어요.]

[이런, 칼이 그랬습니까?]

[JMF에서 함께 일했다고 들었어요. 해변 건물들을 조명으로 활용한 게 강윤이지요?]

[하하하. 덕분에 스태프분들이 고생을 많이 했습니다. 끝까지 함께하지 못해서 미안했어요.]

강윤은 멋쩍게 웃었다. 세무얼도 마주 웃었다. 사전 조사를 많이 했는지 청산유수였다.

[매니지먼트사의 CEO가 오래 자리를 비울 수는 없었겠죠. JMF는 최고의 흥행을 끌어냈어요. 올해에도 건물 조명을 활용해서 해변을 스테이지로 활용한다네요. 공연을 기획하는 사람에겐 이런 영향력이 있어야 해요.]

[혼자서 가능한 일이 아니었습니다. 다들 함께했으니 가능했죠.]

[후후, 그런가요?]

메인 디시가 나왔다. 스테이크와 파스타, 샐러드였다. 김이 모락모락 피어나는 스테이크가 침샘을 자극했지만, 세무얼은 음식에 손을 대지 않았다.

[강윤.]

[말씀하십시오.]

[나도 이런 공연을 원한다면, 함께할 수 있을까요?]

강윤은 온몸이 굳어버렸다. 심장이 뛰었다. 잘못 들은 건 아닌지 귀까지 의심됐다.

[직접 지휘를 해봤지만 아무런 생각도 나질 않았어요. 수많은 기획자를 만나봤지만 누구도 눈에 차질 않아요. 강윤, 부탁해요.]

간절함마저 느껴지는 말이었다.

강윤은 기분이 좋았다. 세계 최고의 가수가 이 먼 곳에 와서 자신에게 공연 의뢰를 하다니.

'하고 싶다, 정말로.'

조건 따위 상관없었다. 바로 'YES'를 외치며 계약서에 도장을 찍고 싶었다. 하지만 문제가 있었다. 검은빛. 모든 음악에서 보이던 검은빛. 그것이 발목을 붙잡았다.

[셰무얼, 미안합니다. 제가…….]

말이 끝나기도 전에 셰무얼은 품 안에서 하얀 종이를 내밀었다.

테이블에 놓인 종이를 본 주아는 경악에 입을 다물지 못했고 강윤도 말문이 막혀 버렸다.

미국 수표, 숫자가 적혀 있지 않은 백지수표였다.

[끝까지 함께해 준다면 최고의 대우를 약속하지요.]

[셰무얼, 돈 때문에 이러는 것이…….]

[따로 원하는 것이 있다면 말하세요.]

여유가 드러났다. 월드 클래스가 어떤 존재인지를 여실히 알 수 있었다. 무대에 대한 갈망도 함께.

강윤은 쉽게 운을 떼지 못했다. 하필이면 빛을 보는 능력이 상실된 이때, 기회가 날아들다니. 거절하기는 싫었다. 세계 최고의 가수와 함께 일할 기회가 언제 또 오겠는가?

강윤은 눈을 감았다.

[생각할 시간을 주시겠습니까?]

[식사 끝날 때까지면 될까요?]

[네, 충분합니다.]

[많이 식었군요. 먹고 이야기하죠. 주아, 기다리게 해서 미안해요.]

셰무얼의 눈빛이 한결 부드러워졌다. 팽팽한 긴장감이 조금은 완화되었다.

테이블은 달그락 소리와 함께 침묵이 감돌았다.

♪♪♪

[언제 와봤다고 했죠?]

[월요일이라고 했잖아요.]

[월요일이면, 21일? 거참, 특이하시네. 그럼 CCTV에는 왜 위민영 씨 모습이 20일자로 찍혀 있을까?]

쾅.

취조실. 모자를 쓴 여형사가 책상 위를 거세게 두드리며 범인을 취조하고 있었다.

[그건…… 그건…… 그건…….]

[컷!! 아우.]

카메라 밖에서 우물대는 범인을 향해 거센 소리가 터져 나왔다. 이내 대본을 든 감독이 여형사와 범인 사이에 끼어들었다.

[너, 진서 씨 좀 본받아 봐. 벌써 몇 번째야, 몇 번째. 필름 아깝다고.]

[죄송합니다.]

[참, 쟤 누가 데리고 왔니? 시간 아깝게. 잠깐 쉬자.]

[…….]

그녀는 차마 '세 번째'라고 이야기하지 못했다. 그래봐야 잘리기밖에 더하겠나.

감독은 홀로 분통을 터뜨리며 휴식을 선언했다.

휴식 시간이 되자 시무룩해졌던 신인 연기자는 꿋꿋하게 인사를 다녔다. 매니저도 없이.

여형사로 열연 중인 연기자에게 다가온 감독은 누런 이를 보이며 사람 좋은 미소를 지었다.

[진서 씨, 미안해, 미안해. 아유, 힘들지?]

[아니에요, 감독님. 괜찮아요.]

[아니긴. 아유, 더운 곳에서 고생시키네. 좀만 참아. 금방 끝낼 테니까.]

민진서에게 손으로 부채질까지 해준 감독은 곧 조연출에게 다가가 성질을 냈다. 사람 따라 다른 모습을 보이는 감독을 보며 민진서는 한숨지었다.

“저 감독님도 참…… 신인에게도 박하네요.”

“소속사도 없는 것 같으니까. 이 바닥이 그렇잖아. 어쩔 수 없지.”

“안타깝네요.”

쉬는 시간 내내 스태프들에게 계속 90도로 인사를 하고 다니는 신인 연기자를 보며 민진서는 쓴웃음을 지었다.

얼마 지나지 않아 신인 연기자는 민진서에게도 다가왔다.

[잘 부탁드립니다.]

[잠깐 앉아볼래요?]

[아닙니다. 괜찮아요.]

민진서가 자리까지 권해주자 신인 연기자는 당황했다. 쭈뼛대더니 거듭된 권유에 그녀는 어색하게 옆에 앉았다.

[힘들죠?]

[아니, 괘, 괜찮습니다.]

[힘들 거예요. 살아남는 건 아무나 할 수 있는 게 아니거든요.]

[진서 씨…….]

[같이 잘해봐요.]

[……네, 감사합니다.]

신인 연기자의 눈가가 촉촉해졌다. 혈혈단신 신인 연기자에게 따뜻한 정을 보여주다니. 그것도 까마득히 높은 주연배우가. 게다가 음료수까지 건네주니 손까지 떨렸다.

쉬는 시간이 끝나고, 다시 촬영이 시작됐다.

[언제 와봤다고 했죠?]

[월요일이라고 했잖아요.]

[월요일이면, 21일? 거참, 특이하시네. 그럼 CCTV에는 왜 위민영 씨 모습이 20일자로 찍혀 있을까?]

[그건 CCTV 날짜가 이상하게 조작되었기 때문이죠.]

[CCTV 날짜가 조작되었다? 위민영 씨가 찍혀 있는 블랙박스 날짜는 어떻게 된 걸까요?]

[이건 조작이야!! 조작이라고!!]

[커엇!!]

취조실에서 난동을 부리는 신인 연기자를 보며 감독은 만족한 웃음을 흘렸다.

[뭐…… 잘하네. 각도 바꿔서 다시 해보지.]

[옙!!]

신인 연기자는 민진서에게 고개 숙여 감사를 표했다. 민진서는 손을 들며 웃었다.

신 촬영이 끝난 후, 신인 연기자가 민진서에게 다가왔다.

[오늘 감사했습니다.]

[아니에요. 오늘 촬영은 끝인가요?]

[네, 다음에 뵐 수 있을지……]

아쉬워하는 신인 연기자의 손을 민진서는 부드럽게 잡았다.

[전 금방 만날 수 있을 것 같은데요?]

[정말요?]

[물론이죠. 대신 다음엔 꼭 주연으로 만나요.]

한마디에 가슴이 뜨거워졌다. 신인 연기자는 부끄러워져 얼굴을 붉혔다.

"진서야!!"

매니저가 부르는 소리에 민진서는 손을 놓았다.

[이만 가 봐야겠네요. 아, 이름이 뭐예요?]

[공단리(巩坛厘)예요.]

[기억할게요. 다음에……]

돌아서려는 데, 신인 연기자가 민진서를 붙잡았다.

[아까 촬영장 돌면서 봤는데, 이상한 사람들이 계속 진서 씨 지켜보고 있었어요.]

[……그 사람들이네. 진짜. 고마워요.]

[조심하세요. 질이 안 좋은 사람들 같았어요.]

[네. 나중에 꼭 봐요, 단리.]

민진서는 그녀를 가볍게 끌어안고는 매니저에게로 갔다.

'주연. 주연.'

주연으로 만나자는 말이 머리에서 떠나지 않았다. 처음으로 자신을 알아준 이였다.

민진서가 사라진 곳을 그녀는 한참이나 지켜보고 있었다.

♪♩♬♪♩♫♬♩♪

메인 디시에 이어 디저트까지 나왔지만 강윤은 쉽게 답을 하지 못했다. 세무얼은 아이스크림을 먹으며 강윤의 답을 기다렸다.

'아, 죽겠다.'

지켜보는 주아는 죽을 맛이었다. 긴장감에 아이스크림이 입으로 들어가는지 코로 들어가는지 모를 지경이었다.

강윤은 강윤대로 복잡했다.

'빛을 못 본다면 무대를 지휘할 수…… 있을까?'

빛을 보는 능력은 판단력의 근거다. 디테일한 연출을 하는 이들은 각 파트의 감독들이다. 그들을 모아 하나의 공연으로 만들기 위해서는 확실한 판단력이 필요했다. 만약 빛을 보는 능력이 사라진다면?

'과거로 돌아갈 순 없어.'

회귀 전의 과거, 실패를 거듭했던 악몽까지 떠올랐다.

♬♩♩-♪♪-♩

레스토랑의 중앙 스테이지에서는 현악 4중주가 클래식을 연주하고 있었다. 바이올린과 비올라, 첼로에서 나오는 음표들이 빛을 만들어내고 있었다.

'검은빛…….'

하필이면 이 복잡한 순간, 스테이지의 검은빛이 눈살을 찌푸리게 했다. 그런데 이상했다.

'괴롭지…… 않아?'

검은빛과 항상 함께 느껴지던 짓누르는 감각이 전혀 없었다. 아침에도 그랬다. 검은빛에 괴로웠던 건 어젯밤, 처음으로 컴퓨터에 인문희의 음악을 입력했을 때뿐이었다.

주위를 둘러보았다. 사람들이 편안히 음악을 감상하는 모습이 눈에 들어왔다. 어느 곳에도 불편하게 느끼는 이 하나 없었다.

'느낌. 그래. 느낌이야.'

실마리를 잡았다. 금빛이나 은빛은 특유의 느낌이 있었다. 청량감이나 따뜻한 그 곡만의 느낌. 빛에만 집중하다 보니 느낌을 무시했었다.

생각을 정리하자 얼굴에 화색이 돌았다.

[강윤?]

[할 수 있습니다. 하겠습니다.]

긴 시간 끝에 긍정적인 답이 돌아오자 세무얼의 얼굴에도 웃음꽃이 피었다.

주아도 그제야 긴장이 풀렸는지 볼멘소리를 했다.

"그 말이 그렇게 힘드냐."

웃으며 손을 맞잡은 두 사람을 보며 그녀는 인상을 썼다. 그녀다웠다.

세무얼 일행이 금방 귀국해야 한다는 말에 강윤은 자리를 파하려고 했다.

[자리를 옮길까요?]

셰무얼은 강윤과 좀 더 이야기를 하고 싶은 눈치였다.

강윤은 어디가 좋을지 떠올리다가 이한서 이사의 찻집을 떠올렸다. 셰무얼이 술을 그리 즐기지 않는다는 사실은 익히 들어왔다.

[차요? 좋아요.]

자리를 파한 후, 일행은 이한서 이사의 찻집으로 향했다.

늦은 시간, 급작스러운 연락이었지만 이한서 이사는 여유롭게 일행을 맞아주었다.

"어서 오십시오. 기다리고 있었습니다."

특히 주아는 오랜만에 만난 이한서 이사를 끌어안으며 반가움을 표했다.

"굿 에프터눈, 사장님."

"주아? 오랜만이야. 어떻게 된 거야?"

"미국에서 날아왔는데 반응이 겨우? 섭하게……."

월드에서 종종 찻집을 손님맞이에 종종 사용했기에 동행인을 묻지 않았다. 갑작스러운 해후가 가져온 반가움이 컸다. 주아는 눈물까지 찔끔였고, 이한서 이사는 그녀의 등을 다독였다.

"주아야, 그런데 저분……."

이한서 이사는 뒤편의 외국인 무리 중에 유난히 눈에 들어오는 흑인을 가리켰다. 중절모하며 독특한 복색에 두드러진 선까지. 확연히 눈에 띄었다.

생각해 보니 주아가 누구의 무대에 선다고…….

"저, 저 사람!!"

형광등이 켜졌다. 눈가가 파르르 떨렸다. 분명 그 사람, 세계 최고의 가수라고 불리는 그, 그……!!

'팀장님, 설마, 아니죠?'

이 시간에 한국에 그런 사람이 왜?!

이한서 이사는 강윤에게 속삭였다.

강윤은 당황하는 이한서 이사가 재미있었는지 미소 짓곤 셰무얼을 앞세웠다.

[이쪽은 제 오랜 동료이자 이 찻집 주인, 이한서 사장님이십니다. 기가 막힌 차를 다려주실 분이시죠.]

[오, 그래요?]

셰무얼은 굴러가는 한국어로 인사하며 손을 내밀었다.

"……."

설마가 사람을 잡았다. 진짜가 나타났다.

사람이 너무 놀라면 몸이 굳어버린다고 했던가. 이한서 이사가 딱 그짝이었다. 손을 내민 셰무얼이 어색해할 정도였다.

'이사님.'

주아가 옆구리를 찌르고 나서야 손을 잡았으니 할 말 다했다. 셰무얼이 하얀 이를 드러내며 반가움을 드러냈지만 이한서 이사는 당황스러웠다. 홍두깨도 이런 홍두깨가 없었다.

물론 그건 잠시뿐이었다.

[감사합니다. 감사해요!!]

이한서 이사는 셰무얼과 포옹하며 격하게 감동했다.

함께 사진을 찍고 사인까지 받았으니 그럴 만했다. 한국에 온 건 비밀이라며 매니저들이 말렸지만 세무얼은 동료의 동료에게 이 정도 선물은 당연하다며 일축했다.

[내 정신 좀 봐. 잠깐만 기다려 주세요.]

감동도 잠시. 이한서 이사는 주방으로 향했다. 감정을 겉으로 드러낸 게 부끄러웠는지 얼굴이 상기돼 있었다.

[세무얼. 감사합니다.]

[아니에요.]

강윤은 고마움과 함께 부담감을 느꼈다. 여유에서 오는 아우라도 함께.

잠시 후, 테이블에는 투명한 주전자와 함께 고급스러운 다기들이 놓였다. 이한서 이사는 푸른빛이 도는 다기에 직접 차를 따랐다. 고급스러운 황금빛과 함께 은은한 향이 룸을 가득 메웠다.

공손히 찻잔을 든 세무얼은 눈을 감으며 차를 음미했다. 항상 커피만 찾던 주아도 향에 반했는지 커피를 밀어놓곤 차를 들었다.

"이거 무슨 차예요? 향이 깡팬데."

"노반장 두도차(頭到茶)."

"아, 어렵다."

어려운 이야기가 나오자 주아는 차 마시는 데만 집중했다. 관심 없는 이야기는 바로 접어버리는 성격은 그대로였다.

차를 음미하던 외국인 여성이 경악과 감동이 버무려진 얼굴로 세무얼에게 말했다.

[들은 적이 있습니다. 돈이 있어도 구하기 힘든 명차예요.]

[그래요?]

[1년에 2kg밖에 채취가 안 된다고 해서 아무에게나 팔지도 않는다고 해요. 한국에서 그런 차를 맛보게 될 줄은…….]

외국인 여성은 이한서 이사의 손을 잡고 놓을 줄을 몰랐다.

옅은 황금빛과 함께 편안함까지 느껴지는 차는 셰무얼의 마음까지 편안하게 해주었다.

[부드러워요. 향도…… 독특하고. 전에 마셨던 차는 썼었는데.]

[입엔 맞으십니까?]

[말로 표현하기도 힘들군요.]

셰무얼도 양 손가락을 치켜세우며 감사를 표했다.

'감사합니다.'

강윤도 고개를 숙여 감사를 표했다. 이한서 이사 덕에 좀 더 편안하게 대화를 나눌 수 있게 되었다. 이한서 이사는 고개를 흔들며 웃을 뿐이었다.

[그럼 말씀들 나누십시오.]

큰 족적은 남기고 이한서 이사는 퇴장했다.

셰무얼은 한결 편안해진 모습이었다. 차가 주는 안정감은 컸다.

'셰무얼은 어떤 스타일일까.'

이로써 주춧돌이 모두 깔렸다. 본격적인 시작이었다. 강윤은 운을 뗐다.

[준비가 어느 정도 됐는지 알고 싶습니다.]

[스태프와 출연진이 모두 결정됐습니다.]

[곡이나 회사 선정 등은 어떻습니까?]

셰무얼은 고개를 저었다. 강윤은 보다 자세히 알고 싶었다.

[짧게 듣기로 콘서트를 하실 때 모든 걸 직접 관리하신다고 들었습니다. 회사 선정부터 관객 수, 공연 효과 등 많은 것을 신경 쓰신다고요.]

셰무얼은 순순히 고개를 끄덕였다. 부드러웠지만, 손을 안 대는 영역이 없었다. 최고의 인격자, 존경을 한 몸에 받는 가수지만 함께 일하기는 어려운 가수가 셰무얼이라고 캐리는 말했었다.

[모든 걸 알아야 최고의 공연을 준비할 수 있어요.]

[전 어느 팀에 가면 됩니까?]

[기획팀이죠. 연출과 제작을 총괄해 주세요.]

강윤은 고개를 끄덕였다. 제작과 연출을 총괄한다. 콘서트의 전반을 책임지라는 말이었다.

[알겠습니다. 콘서트가 올해 연말이라고 들었습니다.]

[맞아요. 올해 연말부터 시작할 생각이에요. 곧 티켓팅도 시작해야 하겠군요.]

[첫 콘서트는 어디서 합니까?]

셰무얼은 웃기만 했다. 이미 여름도 많이 흘러갔다. 강윤은 재차 물었다.

[셰무얼, 공연장 섭외도 시간이 꽤 오래 걸리는 것으로 압니다. 셰무얼의 이름이 있어서 쉬울 수도 있겠지만…….]

[글쎄요.]

셰무얼은 강윤의 잔에 차를 따르며 말을 끊었다.

[자세한 건 미국에 와서 이야기하기로 해요. 지금 중요한 건 딱 하나예요.]

[중요한 것?]

[강윤 씨는 반드시 내 공연을 최고로 빛내줄 거라는 사실.]

[……]

근거 없는 말이었다. 대체 어떤 걸 보고?

강윤은 말문이 막혀 버렸다. 하지만 셰무얼은 여유로운 미소를 지을 뿐이었다.

[잘 부탁해요.]

얼떨떨해하는 강윤의 손을 셰무얼은 양손으로 감쌌다.

따뜻한 체온과 함께 부담, 설렘이 함께 전해졌다.

다음 날.

"……미쳤어, 아주."

이현지는 셰무얼의 콘서트 이야기를 듣고는 이마를 부여잡았다.

"에디오스 끝난 지 얼마나 됐다고……."

몇 번이나 한숨과 천장 보기를 반복하더니, 결국 소파에 털썩 주저앉아 버렸다.

"축하해요. 진심으론 못 하겠지만."

"하하하."

"왜 웃어요? 도장 찍기 싫어서 도망가는 거죠?"

이현지는 얼굴을 찡그렸다. 강윤은 멋쩍은 웃음만 나올 뿐이었다. 사실 이현지가 없었다면 이런 기회를 잡을 생각도 하지 못했을 것이다.

투덜대는 이현지가 고마웠다.

이현지는 애꿎은 커피잔만 돌려댔다.

"부정은 안 하겠습니다."

"이럴 줄 알았어. 일로 와요. 콱."

이현지가 자리에서 벌떡 일어나자 강윤은 움찔했다. 동료를 넘어 이젠 친구나 다름없었다.

장난은 이 정도, 강윤이 말했다.

"왔다 갔다 할 생각입니다. 직접 연출이나 제작을 하지는 않으니까 약간은 여유가 있을 것 같습니다."

"알았어요. 기왕 이렇게 된 거 잘하고 오세요. 영업 잊지 마시고요."

"그래야겠죠?"

"그래야겠죠가 아니라 그렇게 해야 해요. 꼭. 벌이에요."

"알겠습니다."

"말이라도 못하면. 파인스톡에서 초대장 왔어요. 하 사장이 직접 보냈어요."

틱틱대던 이현지는 품 안에서 고급스러운 봉투를 꺼내 건넸다.

"미래산업 박람회? LA? 처음 보는군요."

"세계 최대 IT 박람회에요. 굵직한 영향력이 없으면 불러주지도 않는다는군요. 그런 곳에 부스를 열었으니……."

"기쁜 일이군요."

"네, 하 사장이 특히 회장님은 꼭 와달라고 강조하더군요. 인기는 많아가지곤."

"그렇습니까?"

"이해는 가요. 월드를 만나고 파인스톡이 크게 성장했으니까요."

이현지는 자리에서 일어나며 강윤의 어깨를 두드렸다. 이건 인정이었다. 파트너로서의 인정.

"저 혼자 한 게 아니잖습니까. 이사님이 없었으면 불가능한 결과였습니다."

"뭘 그렇게 당연한 말씀을. 찔려요?"

"하하하."

아침부터 회장실은 웃음이 피어났다.

이현지가 돌아간 후, 문 비서는 서류를 잔뜩 가져왔다. 아침마다 높이 쌓인 서류들에 도장을 찍느라 강윤은 비지땀을 흘렸다.

'이놈의 회장, 진짜.'

줄어들 기미조차 보이지 않는 서류들을 보며 강윤은 진저리를 쳤다. 회장 자리만 아니었어도 눌러앉아 있을 이유 따윈 없었다. 좀이 쑤셨다.

자리가 사람을 만든다고 회장의 엉덩이는 무거웠다. 회계팀 서류에 도장을 찍고, 홍보팀 서류들을 살피다 보니 시간은 훌쩍 가버렸다.

'도착했군. 팀 엔티엔 방송 기획서.'

홍보팀 서류 중 눈에 띄는 것이 있었다. AHF와의 본격적인 일을 알리는 신호탄이었다. 이현지 사인을 확인한 후, 강윤은 내용을 살폈다.

'강영하 PD, 이영지 작가. 아레나 미디어에서도 베테랑들이군. 자회사에서 말 안 나오게 우리도 신경 써야겠어.'

신경 쓴다는 건 결국 투자다. 자금 투자도 좋지만, 어떤 걸 보여줘야 할지 강윤은 생각에 잠겼다.

사람들이 월드의 연습생들을 보며 궁금해할 것이 무엇일까? 아니, 궁금하도록 만들려면 어떻게 해야 할까?

가제는 팀명을 따서 '엔티엔 TV'라고 칭했다. 더 좋은 제목이 있으면 수정하겠다는 첨언도 함께였다. 세부적인 팀 조율, 예산 등도 첨부돼 있었다.

강윤은 마지막 강영하 PD의 메시지에 주목했다.

「사전에 멤버를 공개했으면 합니다.」

홍보 효과를 노리는 것 같았다. 인문희의 방송을 위해 넣어주는 플러스 상품같이 만들지는 않을 듯했다. 흡족했다.

"문 비서, 강 팀장님 좀 불러주십시오."

—네, 회장님.

잠시 후.

조심스럽게 문을 두드린 강용진 홍보팀장이 회장실에 들어섰다.

"부르셨습니까, 회장님."

"네, 기획서 때문에 보자고 했습니다. 아레나 미디어에서 멤버 공개를 요청했습니다."

"그러잖아도 그것 때문에 회의 중이었습니다."

"좋군요. 어떻게 했으면 좋겠습니까?"

"연습생들의 수준을 보고, 시기를 결정하기로 했습니다. 준비도 안 됐는데 당장 공개하면 파장이 크겠죠. 팀원들과 곧 숙소에 가 보려던 참이었습니다."

"맞군요. 잠깐. 숙소에 간다고 했습니까?"

호기심이 일었다. 사실 서류에 도장만 찍는 일에 좀이 쑤시던 참이었다.

"네, 무슨 일 있으십니까?"

"아닙니다. 괜찮으면 같이 갈까 해서요."

강용진 팀장이 머뭇댈 때 강윤은 직인을 던지듯 내려두고 자리에서 일어났다.

"준비하세요. 말 나온 김에 바로 갔다 오지요."

"알겠습니다."

쌓인 서류들을 버려두고, 강윤은 사원들과 외근에 나섰다. 불과 10분 만이었다.

홍보팀장 강용진과 윤희영 과장, 대리 정희라 세 사람은 회장의 차 뒷좌석에 앉는 호사 아닌 호사를 누렸다. 국산 세단에 회장은 앞자리, 비서는 운전석에 앉은 진풍경이 펼쳐졌다.

'과장님, 이, 이 상황은 뭔가요?'

가운데의 정희라 대리는 윤희영 과장의 팔을 붙잡았다. 불과 몇 달 전, MG에서 월드로 이직한 그녀에겐 이런 외근은 상상하기 힘든 이벤트였다.

윤희영 과장은 담담했다.

'우리 회장님이 이래.'

'말로만 듣던 언더커버가요? 나 혹시 잘리는 거?'

'언더커버라니. 그리고 왜 잘려?'

해고 전 마지막 이벤트 같다며 정희라 대리는 눈물까지 찔끔거렸다. 강윤과 함께 다니며 별별 일을 다 겪은 문 비서는 고개를 절레절레 흔들었다.

'신입에겐 낯설겠지.'

신고식 한 셈 치라며 과장은 대리를 달랬다.

얼마 가지 않아 숙소에 도착했다. 홍보팀장을 앞세워 숙소 안으로 들어섰다. 숙소에서는 막 학교에서 돌아온 정유리와 양채영이 늦은 점심을 먹고 있었다.

"안녕하세요."

막 수저를 들려던 그들에게 강윤의 방문은 재앙이었다.

"앉아서 밥 먹어. 부담 주려고 온 거 아니니까."

자리에서 일어나려는 그들에게 강윤은 손짓하며 마저 먹으라 했다.

홍보팀이 이민혜 매니저와 일 이야기를 하는 동안, 강윤은 식탁에 앉았다. 연습생들이 긴장하는 기색이 느껴졌다.

"유리야, 숙소 생활은 어때?"

"괜찮아요."

긴장 때문일까. 단답이 돌아왔다. 강윤은 계속 물었다.

"많이 배우고 있어?"

“적당히요. 무리하지 않고 있어요.”

“군무는 배울 만하고?”

“네, 좋아요.”

끊어지는 대화 속에서 강윤은 양채영에게로 시선을 돌렸다.

“채영이는 연기 잘 배우고 있고?”

“네, 선생님이 저더러 기질이 뛰어나고 말씀하셨어요.”

“왜 그랬을까?”

“저만의 아우라가 쬐끔 느껴진대요. 근데…….”

“사람들이 좋아할지는 의문이라고?”

“어? 어떻게 아셨어요?”

양채영의 눈이 동그래졌다. 수저를 놓고 일어나려던 정유리도 호기심이 생겼는지 다시 자리에 앉았다.

“간단해. 채영이가 보여주고 싶은 것과 사람들이 채영이에게 원하는 것이 다르니까.”

“어떻게 다른데요?”

강윤은 양채영이 먹고 있던 사기그릇을 가리켰다.

“이건 뭐야?”

“밥그릇이죠. 왜요?”

“이걸 보면 뭐가 떠올라?”

“당연히 밥이 떠오르죠. 밥그릇이니까.”

“그렇지. 사람들도 그렇게 생각할 거야.”

“그게 아까 이야기하고 무슨 상관이 있어요?”

“채영이 너는 사람들한테 밥그릇에 빵을 담아서 주는 거야. 부자연스럽게."

양채영의 머리에 벼락이 쳤다. 부자연이라는 말이 귓가에 메아리쳤다.

"기질이란 끼나 자신감, 열정 등의 에너지를 말해. 선생님은 채영이의 노력을 보고 이야기했을 거야. 아우라는 에너지니까."

"아아……."

"내 생각엔 채영이는 방향이 중요한 것 같아."

양채영이 큰 눈이 흔들렸다. 강윤은 양손을 괴었다.

"더 이상 효민이를 닮으려고 하지 마."

"!!!!!"

그대로 양채영은 굳어버렸다. 정곡을 제대로 찔렸는지 눈만 껌뻑였다.

'하하…….'

분위기가 묵직해졌다. 정유리는 나갈까 망설이다가 구석에 다시 앉았다. 이상하게 나가면 안 될 것 같다는 느낌 때문이었다.

속마음을 들킨 부끄러움, 불안함에 양채영은 얼굴이 붉어졌다.

두 연습생이 안절부절못해도 작정한 강윤은 담담했다.

"효민이는 타고났지. 인기를 자기 쪽으로 당길 줄 아는 사람은 많지 않거든."

"맞아요."

긍정은 했지만, 고개는 점점 처졌다.

수많은 친구를 가슴앓이하게 만드는 감효민의 모습은 언제나 부러웠다. 한때는 따라 해봤지만 있던 사람들도 떠나는 역효과만 났다.

"그 좋은 재능을 어장관리에만 써서 문제긴 하지만."

"풉."

어장관리라니. 회장님에게 어울리지 않는 고급 언어였다. 양채영은 자기도 모르게 웃음이 나와 버렸다.

"아."

그러고는 당황해서 입을 막았다. 심각한 분위기에 이런 실수를…….

강윤은 양채영 옆에 서서 접시를 건조대에 올렸다.

"괜찮, 괜찮습니다."

"줘."

그녀가 당황하며 망설일 때, 강윤은 싱크대에 있는 접시를 정리했다. 달그락대는 소리가 퍼져 갔다.

"회사까지 쫓아오는 남자들만 봐도 알 수 있어."

"그렇죠. 학교에 데뷔한 애들도 수두룩한데. 그 애들 사이에서도 유명해요. 벌써 고백…… 아, 죄송해요."

양채영은 실수를 깨닫고 입을 닫았다. 자기도 모르게 프라이버시까지…….

강윤이 괜찮다며 손을 들자 양채영은 고개를 숙였다.

"효민이는 데뷔도 하기 전부터 이렇게 사랑받는데…… 전……."

"왜?"

"생각해 보니까 그래서요. 특출한 것도 없고. 원래 연습생 때부터 끼가 보여야 팍 뜰 수 있다면서요. 이대로 가면 민폐만……."

강윤은 팔짱을 끼었다.

"그렇긴 하지."

"……그쵸?"

양채영은 시무룩해졌다. 그렇지 않다는 말을 듣고 싶었다. 그런데 난데없이 팩트가 날아들어 머리를 쳤다.

쏴아아――

강윤은 손이 멈춰 버린 양채영 대신 싱크대 수도꼭지를 틀었다. 달그락 소리를 내며 접시를 다시 정리해 갔다.

"같이 찾아보자."

"네?"

양채영의 눈이 흔들렸다.

"난 확신해. 채영이도 효민이만큼의, 아니, 그 이상의 매력이 있어. 아직 찾지 못한 거야."

"……."

그녀의 눈이 가늘어졌다.

사실일까?

의심하는 눈빛이었다.

"양채영과 감효민이 같은 사람일까?"

"……다른 사람이죠."

"맞아. 그렇다면 사람들의 마음을 끄는 방법도 다르지 않을까? 같이 찾아보자. 같이."

"……."

같이.

짧은 단어가 양채영에게 조금씩 스며들었다. 단번에 콤플렉스를 극복하는 건 쉽지 않을 것이다. 다만 이 콤플렉스를 자극제로 더 나은 결과물을 만들어낼 수 있을 것이다.

그녀의 눈빛에 힘이 들어갔다.

강윤은 느꼈다. 그녀가 조금씩 변해갈 거라고.

식탁에서 조용히 귀를 기울이던 정유리가 강윤의 등을 찔렀다.

"왜?"

"저도 도와주실 거죠?"

"뭘?"

"같이 찾는 거요. 언니한테 말했던 거."

"뭐라고? 하하하하."

강윤은 크게 웃음을 터뜨렸다. 욕심이 느껴지긴 했지만, 이런 정유리가 귀엽게 느껴졌다. 반짝이는 눈빛을 보며 강윤은 그녀의 어깨에 손을 얹었다.

"알았어. 유리도 같이 찾아보자."

"네, 감사합니다. 회장님도 도와주시는 거죠?"

"당연하지."

그때, 정유리의 눈빛이 빛났다.

"배우러 갈게요."

"배우러 온다고? 무슨 말이니?"

"주세요."

정유리는 손을 내밀었다. 강윤이 고개를 갸웃할 때, 그녀는 식탁 위에 있던 핸드폰을 가리켰다. 번호 요구였다.

부엌 밖에서 지켜보고 있던 문 비서가 놀라 달려왔다.

"유리 양, 용건이 있으면 회장실로 연락하면 돼요. 회장님 전화는……."

"괜찮아요."

"회장님."

강윤은 말리는 문 비서를 타이르곤 정유리에게 번호를 찍어주었다. 정유리도 설마 진짜 번호를 주리라곤 상상하지 못했기에 큰 눈을 껌뻑껌뻑했다.

"언제든지 연락해."

"새벽 4시에 해도 되죠? 연습이 그때 끝나서요."

"안 받을 거야."

"언제든지 하라면서요. 거짓말쟁이."

"하라고만 했지 받는다고는 안 했어."

"그게 뭐예요."

강윤은 정유리의 머리에 손을 얹었다. 갓 사춘기에 접어든 소녀의 눈이 가늘게 호선을 그렸다.

갑자기 튀어나온 정유리 때문에 양채영은 당황했다. 멍하니 있던 그녀에게 강윤은 귓속말을 했다.

'기회는 이렇게 잡는 거야.'

'네?'

여전히 반문하는 그녀에게서 떨어진 강윤은 문 비서에게 돌아가자고 사인했다. 문 비서는 기다리겠다며 먼저 나갔다.

"시간이 돼서 이만 가 봐야겠어."

"네, 선생님은 회사로 가세요?"

"아니, 방송국에 들러야 할 것 같아."

정유리가 강윤을 부르는 호칭이 바뀌었다. 놀라울 정도의 붙임성이었다. 양채영의 눈이 동그래졌다.

강윤이 손을 흔들 때, 정유리가 작아지는 목소리로 말했다.

"오늘 감사했어요."

"응?"

"……."

강윤이 돌아봤지만 같은 말이 두 번 돌아오진 않았다.

여전히 혼란스러워하는 양채영과 손을 흔드는 정유리를 뒤로하고 강윤은 숙소를 나섰다.

〈연화넷 –연극영화과 입시 정보 전문 채널〉

Part 5–가수 모집.

–2015년 새로미엔터테인먼트 연습생 모집(걸그룹 지망생 환영).

–스누푸엔터테인먼트 연습생 모집 공고(아이돌 데뷔 예정).

–비에스트 ENT 가수 지망생 모집 공고(걸그룹 예정).

"다 아이돌, 걸그룹이네."

최찬양 교수는 연화넷을 보고 이마를 잡았다. 진로 상담을 위해 연화넷에 자주 들어가곤 했지만, 올해만큼 한숨 나오는 해는 없었다.

"GNB나 윤슬은 아예 공고도 없군. 지예는 비정기 오디션도 없어졌고…… 처음 보는 소속사들만 계속 늘어나고 있네. 안전할까?"

월드는 애초에 논외. 데뷔할 만한 지망생만 뽑는 곳이니까.

올 한 해에도 10개가 넘는 걸그룹을 비롯해 수많은 가수가 데뷔했지만 유명해진 가수는 거의 없었다. 혹자는 경기가 어려워 음악 시장에도 혹한이 불어왔다고 말했다.

그러나 지예나 다른 대형 기획사들을 보면 어렵기만 한 것도 아니었다. 해외로 진출해 막대한 수익을 거두고 있었으니까.

다만 사람을 뽑지 않을 뿐.

"오늘도 없네, 없어."

최찬양 교수는 연화넷을 껐다.

갈수록 어려워지는 학생들의 진로를 생각하면 눈물이 앞을 가렸다. 지망생들은 날로 증가하지만 양질의 소속사는 갈수록 줄어든다. 딜레마였다.

똑똑똑.

"아, 잠깐만요!!"

문 두드리는 소리에 최찬양 교수는 움찔했다.

오늘은 누가 상담을 받으러 왔을까? 알아봐 달라고? 아니면 고민 상담?

머리가 복잡했다.

옷매무새를 정리하고 안면 근육을 푼 후 외쳤다.

"들어와요."

문이 열리며 날씬한 체형의 한 여성이 교수실에 들어섰다.

"교수님."

애정 가득한 톤에 최찬양 교수의 얼굴이 편안해졌다.

"혜진 씨, 빨리 왔네요. 시흥이라면서요."

"교수님 보고 싶어서 열심히 밟았죠. 오늘은 얼굴이…… 에이, 별로네. 오늘도인가요?"

최찬양 교수의 옆에 앉은 여자는 그의 얼굴을 쓸어내렸다. 연인의 모습이었다.

그는 부드럽게 웃으며 답했다.

"별일 없었어요."

"아니긴요. 오늘도 학생들 몰려왔죠? 하여간."

"아니에요. 오늘은 없었어요."

"거짓말. 또또, 연화넷 보면서. 아무래도 안 되겠어요. 이사님한테라도 말해서……."

"안 돼요."

최찬양 교수는 강하게 만류했다. 이럴 때 인맥을 이용하는 거라며 정혜진이 거듭 설득했지만 그는 고개를 흔들었다.

"이런 방식은 서로에게 좋지 않아요. 월드의 모토에도 맞지 않고. 혜진 씨도 곤란해질 거예요."

"전 괜찮아요. 회장님이나 이사님도 교수님 부탁이라면 들어주실 거예요. 해주신 게 얼만데."

"그래도 안 돼요. 그런 방식으로 들어가 봐야 오래 버틸 수도 없을 거예요. 그리고 이 문제는 월드만의 문제가 아니에요. 음악계 전체의 문제지."

정혜진은 몇 번이나 되물었지만, 돌아온 답은 같았다.

오늘도 역시 똑같은 레퍼토리였다. 하지만 그녀는 좋았다. 이 답답함은 그의 매력이었다.

자신의 품에 얼굴을 묻은 정혜진의 머릿결을 쓸어내리며 최찬양 교수가 말했다.

"최근에 이상한 소속사들이 늘어나고 있는 것 같아요."

"걸그룹이 너무 많아졌어요. 데뷔만 하면 행사만 돌려도 돈이 되니까 막 데뷔시키는 것 같아요."

"심각하네요. 지예에서 강제로 나간 연습생들도 상당수 그렇게 갔다고 들었어요."

"하여간…… 좋은 가수를 만들려는 게 아니라 돈을 벌려고 하는 사람들이 문제예요. 애들만 불쌍하죠. 노래하고 싶어서 가수가 된 애들인데, 돈벌이에 이용되고 있으니까요."

정혜진은 씁쓸한 얼굴이었다. 기획팀에서 일하며 관찰한 업계는 가관이었다.

최찬양 교수는 정혜진의 손을 잡았다.

"연화넷도 험악해졌어요. 소속사가 하루아침에 날아갔다는 이야기는 예사고, 심지어…… 입에 담기도 힘든 일들도 나와요."

"나쁜 사람들. 다 쓸어버려야 하는데. 특히 지예에서 나온 애들이 제일 불쌍해요. 기존에 MG 때부터 연습하던 애들일 텐데. 돈 안 된다고 단번에 다…….”

“회사 키우는 것도 좋지만 어린 학생들을 그런 식으로 대하면 참…… 벌 받아요.”

“그랬으면 좋겠지만…… 계약서상 문제는 없다니까요. 이사님이 계속 찾아보고 있지만 아직까진…… 하아.”

“적어도 기회는 공평하게 줘야 할 텐데…….”

최찬양 교수는 정혜진의 머리를 쓸어내리며 씁쓸히 중얼거렸다.

♪ ♫ ♪ ♩ ♫ ♬ ♩ ♪

“세계 최고의 가수라더니. 역시…….”

최경호는 강윤이 건넨 서류를 보며 연신 감탄사를 터뜨렸다. 중국에서 모든 일을 마무리하고 귀국한 직후였다.

“대단하군요.”

최경호는 영어로 된 서류들을 넘기며 눈을 반짝였다.

“어떻게 이런 생각들을…… 로봇이라니요.”

“저도 놀랐습니다. 아직 상용화되지 않은 기술도 사용한다고 합니다.”

“셰무얼의 영향력이 어마어마하군요. 하기야, 셰무얼의 콘서트에 기술이 사용된다면 기업들도 이득이죠. 홍보에 톡톡히 효과를 볼 테니까요.”

“네, 여러 가지 기술이 사용될 거라는데 잘 버무리는 게 첫 번째 일이 될 것 같습니다. 셰무얼이 욕심이 많아서요.”

"하하하. 고생 많으시겠습니다. 욱여넣는다는 말을 듣지 않으려면요."

"그렇죠. 연출진 고집도 세다 들었는데. 고생길이 열렸습니다."

"회장님은 잘하실 겁니다. 잠깐. 로봇을 압축 엘리베이터로 쏘아 올린다? 동시에 3대씩이라……. 처음부터 만만치 않겠습니다."

단순히 엄청난 예산을 투자한 콘서트가 아니었다. 엄청난 기술에 연출까지. 세계 최고의 가수가 서는 무대라고 할 만했다.

최경호는 빨간펜으로 여러 가지를 체크했다.

"3D 카메라 촬영에 CG, VR이군요. VR은 이야기만 들었습니다. 유럽에서는 몇몇 가수가 사용하고 있었다고 듣긴 했는데, 반응이 썩 좋진 않았다고 들었습니다."

"VR의 핵심은 리얼함입니다. 최근 사용한 VR 장치들은 리얼함이 떨어졌었죠. 하지만 리얼함이 갖춰진다면 무대 장치가 설치된 무대, VR 무대를 돌아가며 활용할 수 있게 됩니다."

"선택권이 넓어지겠군요. 흠……."

최경호는 계속 서류를 읽어 내려갔다. 세무얼의 콘서트는 공부가 됐다. 최경호는 하나라도 더 기억하기 위해 열심히 필기했다.

"23곡. 곡이 조금 많군요. 체력전이 되겠습니다."

"그래서 2명의 게스트를 섭외할 생각입니다. 1, 2부를 3부까지 나눠서 진행하고 쉬는 시간을 확보할 생각입니다."

"좋은 생각입니다만…… 회장님 일이 늘어난다는 생각이 드는군요."

"할 수 없죠."

강윤이 고개를 절레절레 흔들자 최경호는 빙긋이 웃었다.

"회장님의 그런 모습 때문에 가수들은 더더욱 안심할 겁니다. 더 필요한 건 없으십니까?"

"없습니다. 피곤하실 텐데, 감사합니다."

최경호는 괜찮다며 자리에서 일어났다. 귀국하자마자 회사에 왔기에 피로도가 상당했다.

"그럼 들어가 보겠습니다. 오늘까지 늦으면 마누라가 이혼장에 도장을 찍겠다며 벼르고 있어서요."

"하하하하. 일어나시죠. 나중에 한번 찾아뵙겠습니다. 제가 너무 시간을 뺏었네요."

"아닙니다. 아, 회장님."

최경호는 뭔가가 기억났는지 손뼉을 치며 말했다.

"잘 다녀오십시오."

"네, 한국 잘 부탁합니다."

"네, 노파심에서 하는 말이지만…… 지금까지 셰무얼이 기획자를 다섯 번 갈아치웠다는 걸 생각해 주십시오."

"셰무얼 고집이 엄청나다고 들었습니다. 뮬(Mule)이라고 한다지요?"

뮬(Mule). 당나귀와 말을 교배해서 나온 작은 말, 노새를 말했다. 고집이 아주 센.

"오히려 부드러운 사람들이 고집은 더 셉니다. 괜히 기획자가 5명이나 바뀐 건 아니겠죠. 단순히 기획자가 바뀌는 거야 괜찮지만, 그렇게 된다면 분명히 다른 곳에서 이 사실을 악용할 겁니다."

"악용한다?"

"누군가는 회장님의 '단 한 번의 실수'를 바라고 있을 테니까요."

성공 가도만을 달려왔기에 최경호는 강윤이 걱정되었다. 성공만 하던 사람이 실패 한 번으로 얼마나 망가지게 되는지 잘 알고 있었으니까.

강윤은 웃었다. 시원하게.

"그때 일은 그때 생각하지요. 만약 잘린다고 해도 의미가 있을 겁니다. 아직 세계는 넘기 힘든 벽이라는 사실이니까요."

"회장님."

"아직이란 말은 다시 하면 된다는 말, 아니겠습니까."

강윤은 최경호의 손을 잡았다.

"걱정해 주셔서 감사합니다. 큰형님같이 뒤에 계셔주셔서 얼마나 든든한지 모릅니다."

"허, 참……."

"제가 없는 동안 이곳을 잘 부탁합니다."

굳게 잡은 손에서 따스한 체온이 전해졌다.

이틀 후.

설렘과 걱정, 기대와 불안을 안고 강윤은 미국으로 출발했다.

♪♫♪♩♫♬♩♪

베이징 쇼우두 공항, VIP 라운지.

유명인사나 연예인들이 잠시나마 본 모습으로 편히 쉴 수 있는 고마운 장소였다.

클래식 음악으로 마음을 편안히 해주는 그곳이 시끌시끌했다.

[고마워요. 하지만 이쯤해 주셨으면 좋겠어요.]

[에이, 진서 또 빨개진다.]

[우리가 있어야 진서가 힘을 내지!!]

[……하아.]

인간 벽에 가로막힌 한 무리의 남녀 때문일까.

어색한 웃음과 함께 민진서는 어깨를 늘어뜨렸다. 필사적으로 벽을 만든 경호원이나 강기준, 매니저는 필사적으로 민진서 사수에 나섰다.

[진서 아껴주시는 마음, 감사하고 있습니다!! 하지만 여기서까지는……!!]

[알아, 알아. 다 안다고. 손 한 번만 잡고 간다니깐.]

[이러시면 곤란합니다. 다른 분들께 폐가 돼요.]

[거기 키 큰 놈 비키라니까!!]

모자를 쓴 중국 남성은 강기준과 경호원의 틈으로 손을 쭈욱 뻗었다. 민진서는 기겁하며 뒤로 물러났다. 이러지도 저러지도 못하는 상황이었다.

[거기, 그만. 그만!!]

급기야 보안요원들과 공안들이 달려왔다. 극성팬들은 쉽게 물러나려 하지 않았지만, 공안들 앞에서는 대책이 없었다.

공안에게 제지당한 그들은 VIP 라운지 구석에 자리 잡았다.

민진서 일행은 보안요원들과 공안들이 만든 벽에 둘러싸였다. 그제야 안심한 민진서는 일행을 챙겼다.

"고생하셨어요. 고마워요, 오빠. 힘드시죠?"

강기준의 이마에 흐르는 땀을 닦고, 경호원에겐 음료수도 챙겨주었다. 모두가 이렇게 애쓰고 있었다. 미안했다.

호흡을 가다듬으며 강기준이 중얼거렸다.

"아무래도 인원을 더 요청해야겠어. 이대로 가면 무슨 일 생길 것 같아."

"……괜찮, 부탁해요. 오빠."

괜찮다는 말이 입에 붙었지만, 이대로는 안 될 것 같았다.

어딜 가도 따라붙는 극성팬들이 급격히 늘어나면서 주변에 폐가 되고 있었다. 자본까지 넉넉한 중국의 극성팬들은 VIP 라운지는 물론, 퍼스트 클래스까지 따라붙었다.

"명탄(명품의 탄생) 10% 달성한 건 기쁘지만…… 이건 좀 아니다."

"다음에는 3%만 나오게 할게요."

"꼭 그래라. 꼭, 꼬옥."

강기준과 민진서는 유머로 힘든 마음을 조금이나마 달래려 애썼다.

시청률 1%만 넘어도 잘 나왔다고 평가받는 중국 시장에서

10%를 달성했으니…… 극성팬들이 늘어도 이상하지 않았다. 과거 MG 시절의 위상을 넘은 것은 말할 것도 없었다.

'그런데 저 사람들, 개인 생활은 어떡해요?'

'지금 남 걱정할 때니?'

'그렇긴 하지만…….'

민진서가 극성팬들까지 걱정하니 강기준은 이마를 잡았다.

조금씩 소란이 잦아들자 민진서는 그제야 벽에 머리를 기댔다.

"저 조금만 잘게요."

"알았어. 츄리닝 줄까?"

"아니요. 어차피 안에서 갈아입지도 못할 것 같은데요."

"비행기 안에서라도 편하게 쉬어야 하는데. 미안해."

"오빠가 미안할 게 뭐 있어요. 표 끊고 따라오는 사람들을 어떻게 막아요."

"……전용기라도 사달라고 할까."

"오빠."

민진서의 눈매가 날카로워졌다. 하여간, 이 정도면 월드 안주인이다.

"농담이야, 농담."

"지금 선생님은 전용차도 없어요. 집도 그대로고. 그런데 전용기라니요."

"알지, 알지. 농담이야. 하기야 회장님도 그렇게 다니시는데."

강기준은 간신히 민진서를 달랬다. 하여간, 이럴 때는 무서웠다.

벽에 기대 작게 숨소리를 내는 민진서와 공안 너머의 극성 팬들을 번갈아 보며 강기준은 투덜거렸다.

"저것들 때문에 진짜……. 아, 전용기 하나 있었으면 좋겠다."

♪♩♪♩♪♩♪♩♪

"고마워요."

"더 필요한 것 있으면 말씀하세요."

메모지를 받아 든 강윤은 스튜어디스에게 고개를 숙였다. 스튜어디스도 미소로 답하곤 자리로 돌아갔다.

'댄서, 밴드, 조명…….'

콘서트에 나서는 스태프들과 출연진의 이력서와 함께 노트북을 꺼냈다.

오디션 영상과 이력서를 체크하며 일을 시작했다. 영상에서 나오는 음악은 빛으로 나오지 않았기에 편안히 일에 몰두할 수 있었다.

"우와……."

한창 일에 몰두하던 강윤에게 문 비서의 작은 감탄사가 들려왔다. 옆을 돌아보니 문 비서가 눈을 반짝이고 있었다. 그녀의 시선은 바닥의 레드카펫과 강윤의 쓰는 원목 테이블, 뒤에 위치한 냉장고 등의 편의시설로 연달아 이동하고 있었다.

"신기한가요?"

"아!! 그게……."

느닷없는 물음에 놀랐는지 문 비서는 우물쭈물했다. 급기야 얼굴까지 붉어졌다.

"죄송합니다. 제가 칠칠 맞게……."

또 비서답지 못한 모습을 보여 버렸다. 문 비서는 부끄러움에 머리를 숙였다.

강윤은 천진한 모습에 웃으며 펜을 내려놓았다.

"아닙니다. 나도 지금 전용기 안에 있다는 게 신기합니다. 아무나 할 수 있는 경험이 아니니까."

"회장님도 처음이…… 아, 죄송합니다. 전 비선데……."

"괜찮아요. 격식이 필요한 장소가 아니니까요. 문 비서도 편안하게 업무를 준비해요. 미국에서 할 일이 정말 많을 테니까."

"네, 회장님."

강윤은 다시 노트북으로 눈을 돌렸다. 스튜어디스가 테이블에 차를 놓았다. 차 한 잔이 생각났던 강윤은 손을 들어 예를 표한 후 다시 펜을 들었다.

'파이어 스케치를 활용하고 싶은데 셰무얼이 좋아하지 않는 눈치라고?'

연출가 마크의 메시지를 보며 강윤은 아미를 좁혔다.

'마크 말도 맞아. 'Share'의 격렬한 안무에 파이어 스케치로 하는 연출은 효과적일 거야. 셰무얼이 그걸 모를 리는 없고. 결국 설득을 해달라는 건가?'

연출자 마크의 메시지는 분명했다.

파이어 스케치를 활용하고 싶다. 셰무얼을 설득해 달라. 제미스 어워드에서 처음으로 파이어 스케치를 도입한 강윤이라면 셰무얼을 설득할 수 있을 것이다. 이 메시지였다.

'가서 이야기를 해봐야겠다.'

스태프들과 출연진이 전하는 메시지들을 읽으며 필요한 것들을 적어 나갔다.

강윤이 한창 일을 하고 있을 때, 문 비서는 스튜어디스와 대화를 하고 있었다.

"1분 1초가 아쉬운 분이 많이 이용하십니다. 기업의 회장님이나 간부, 연예인도 많이 이용하시죠."

"혹시 한국 연예인도 이용하나요?"

"한국 연예인들은 아직 뵌 적이 없네요. 몇 년 전에 MG가 전용기를 대여한다는 말이 나온 적이 있었는데 무산됐다고 들었습니다."

"아아. 하기야, 비행기가 보통 가격도 아니고……."

"시간당 5백만 원 정도 하니까요."

"오, 오백이요?"

문 비서의 입이 쩌억 벌어졌다. 시간당 오백만 원이면 미국에 가는 데 대략 6천……!!

"그게 최소 비용이에요. 이 전용기는 천만 원이 조금 넘을 거예요."

"에엑……!! 지, 진짜요?"

문 비서의 벌어진 입은 쉽게 다물어지지 않았다. 미국행한 번에 억이라니. 한편으론 대단하다고 느껴졌다. 전용기까지 보낼 정도로 강윤이 귀한 손님이라는 이야기였으니까.

반나절을 날아 전용기는 공항에 도착했다.

"안녕히 가십시오."

스튜어디스의 정중한 배웅을 받으며 입국장으로 나가니 강윤을 마중 나온 여성이 있었다.

[강윤? 지혜?]

금발의 여성은 강윤을 알아보며 손을 잡았다.

[리사?]

[네, 반가워요. 리사 에쉬브예요.]

강윤은 이력서에서 본 얼굴을 기억해 냈다. 금발에 살짝 붉은 얼굴.

단체 사진에서 얼굴이 동그랗게 체크된 기획팀의 중요 인물, 정확히 부팀장이었다.

서로 간단하게 자기소개를 한 후, 일행은 숙소로 향했다.

[부팀장님이 직접 나오실 줄은 몰랐습니다.]

[알고 계셨어요?]

[보내주신 서류에서 봤습니다. 단체 사진에 동그라미로 체크까지 해주셨잖습니까.]

[어머.]

리사는 붙임성이 있었다. 강윤이 업무를 미리 파악해서 왔기에 통하는 것도 많았다. 덕분에 대화를 나누며 가까워졌다.

숙소에 도착했다. 연습실로 사용하는 큰 체육관 건물 옆에 출연진이 함께 사용하는 숙소였다.

[오늘은 편히 쉬어요. 자세한 건 내일 이야기해요.]

[고마워요, 리사. 내일 봐요.]

리사가 돌아간 후 강윤은 짐을 풀었다.

"희윤이도 참 손이 커. 무슨 라면을 이렇게…… 고추장도 많이도 넣었네."

냉장고와 찬장에 먹을거리를 넣으며 강윤은 너털웃음을 지었다. 엄청난 양의 고추장과 라면은 꽤 오래 두고 먹을 수 있을 듯했다.

짐을 푼 후 샤워를 하니 여독이 조금 가셨다. 시계를 보니 밤 11시가 넘어가고 있었다.

"자야 하는데."

내일을 위해 자야 했지만 잠이 오지 않았다. 시차 때문이었다. 책이라도 볼까 하다가 오디오를 틀었다. 강윤이 미리 주문한 대로 한쪽 구석에는 좋은 스피커가 설치되어 있었다.

–잠시 멈춰 주위를 둘러봐– 함께 걷는 친구들이 있잖아– 그 안에 네가 있고 내가 있어–

핸드폰으로 연결해 주아의 노래를 재생했다. 음표들이 만드는 검은빛이 방 안을 메워갔다. 검은빛이 주는 시각 효과 때문일까. 강윤은 눈살을 찌푸려졌다.

'이러면 안 돼.'

강윤은 눈을 감았다. 시각이 주는 선입견에서 벗어나기 위해서였다.

발매 후 음원 사이트 1위 자리를 2주일간 지켰던 곡이었다. 못해도 하얀빛은 된다는 의미였다. 검은빛이라면 흥행이

될 수가 없었다.

–우린 함께 걷고 있어– 함께란 걸– 기억–

주아의 목소리가 점점 올라갔다. 노래가 절정으로 향해가고 있었다. 강윤의 감긴 눈이 씰룩였다.

'애매하군.'

이전과 같이 하얀빛이 주는 편안함이나 따스함 같은 감각은 느껴지지 않았다. 살짝 실눈을 떠봤다. 검은빛이었다.

–함께란 걸– 기억–

강윤은 절정 부분을 반복 재생했다. 주아의 목소리가 방안에 계속 울려 퍼졌다.

'어렵군. 다시 해보자.'

다른 노래를 재생하며 강윤은 노래를 느끼기 위해 애썼다. 새벽까지 강윤의 연습은 이어졌다.

다음 날.

부팀장 리사와 함께 강윤은 연습실로 향했다.

[강윤, 왔군요.]

[셰무얼.]

모든 스태프와 출연진 중앙에 선 셰무얼은 강윤을 반갑게 맞았다. 그는 강윤의 손을 잡고 자신 쪽으로 끌어당겼다.

[정식으로 소개할게요. 힘들게 모셨어요. 이강윤. 한국에서 제일 큰 가수 매니지먼트사 회장이고……]

[우와아~~]

말이 끝나기도 전에 탄성이 터져 갔다. 큰 리액션에 강윤도 미소로 답했다.

[미엘로나 제레니는 알 거예요. 제미스나 JMF에서 만났었죠?]

강윤이 보니 아는 얼굴이 몇 있었다.

[마스터, 설마 했는데…….]

제레니라는 흑인 여성은 나와 강윤과 포옹했다. 미엘로라는 백인 남성도 손을 잡으며 반가워했다. 익숙한 얼굴을 다시 보자 반가웠다.

[자, 인사해요.]

셰무얼의 손짓에 강윤은 앞으로 나섰다.

[반갑습니다. 이강윤이라고 합니다.]

강윤은 잠시 숨을 고르며 모두의 앞에 섰다. 강윤을 바라보는 눈빛은 제각각이었다. 경계하는 이도, 기대하는 이도, 생각을 알 수 없는 이도 있었다.

[함께 최고의 공연을 만들어 봅시다.]

모두가 작게 박수를 쳤다. 간단한 소개가 끝났다. 셰무얼이 말했다.

[그럼 시작해 보죠.]

하루가 시작되었다. 첫 업무의 시작이었다.

강윤은 우선 기획팀을 소집했다. 진행 상황을 알기 위함이었다. 공연장 한쪽에 있는 작은 방에 5명의 기획팀 멤버가 모였다.

[장소가 아직 확정되지 않았다고 들었습니다. 셰무얼이 따로 말하던 곳은 없었나요?]

[네, 어디든 좋다고 했어요.]

강윤의 질문에 부팀장 리사가 답했다. 옆에 있던 작은 체구의 백인 남성이 말했다.

[댄서들에게 들었는데 가끔 유럽 쪽에서 공연을 하고 싶다고 말했었답니다. 특히 빅 벤이 보이는 곳에서 다시 공연을 하고 싶다고…….]

[5년 전 세계 투어에서도 런던이었잖아요.]

[뉴욕은 어떨까요? 타임스퀘어에…….]

팀원들은 활발히 의견을 교환했다. 주로 거론되는 장소는 유럽과 미주, 두 곳이었다. 강윤은 필기를 하며 그들의 이야기를 적었다.

'런던, 파리, 베를린, 뉴욕. 플로리다. 흠…….'

무난한 장소들이었다. 관객들을 동원하기에도 좋고, 수익을 거두기에도 좋은 곳들.

여러 장소를 적는 중에 한 가지 생각이 스쳐 지나갔다.

'셰무얼이 남미에서도 인기가 많을 텐데. 잠깐. 그쪽에서 콘서트를 한 적이 있었나?'

아는 지식들을 동원해 봤지만 단 한 번도 남미에서 콘서트를 한 적은 없었다. 셰무얼은 항상 유럽과 미주 투어를 돌았었다.

'남미가 관객 동원력이 엄청난데.'

최다 관객 동원으로 기네스에 오르기도 했었다. 그만큼 음악을 사랑하는 대륙이 남미였다.

펜을 놓고 강윤은 턱에 손을 괴었다.

[이번 콘서트, 남미에서 열어보는 건 어떻겠습니까?]

상상도 못 한 말에 기획팀 모두의 눈이 경악으로 가득 찼다.

작은 체구의 백인 남성이 바로 난색을 표했다.

[남미요? 콘서트 비용을 낼 사람이 얼마나 있을지……]

조용히 의견을 이야기하던 안경 쓴 여성도 한마디 보탰다.

[확정된 건 아니지만, 현재 준비하고 있는 장비들을 들고 입국하는 게 쉽지 않을 겁니다. 행정 절차들이 복잡해져서 공연에 차질이 생기는 건 바람직하지 않다고 생각해요. 반대에 한 표 던지겠습니다.]

강윤은 고개를 끄덕였다. 일리가 있는 말이었다.

남은 사람은 두 명이었다. 조용히 있던 붉은 수염의 백인 남성이 말했다

[저는…… 생각을 해봐야겠군요. 가능성의 대륙이라지만, 전혀 생각을 안 해봐서요.]

리사는 아미를 좁혔다.

[저도 보류. 셰무얼 말부터 들어봐야 할 것 같네요.]

반대, 보류. 표현법은 달랐지만 말하는 바는 같았다.

남미는 확실하지 않다. 유럽이나 미주같이 확실한 곳이 있는데 왜 남미같이 불확실한 곳을 가야 하는가?

이런 말이었다.

[알겠습니다. 셰무얼과 이야기해 보고 논의하죠. 오후에 한 번 더 모이도록 하겠습니다.]

[네.]

이후 회의는 1시간 정도 이어졌다.

회의가 끝난 후, 강윤은 바로 셰무얼이 있는 리허설 연습

장으로 향했다.

[업할 때, 좀 더 다리를 왼쪽으로 뻗어줘요.]

[이쪽 와이어 조금만 느슨하게 해주세요.]

리허설 연습장.

와이어를 단 댄서들과 스태프들이 대화를 나누고 있었다. 댄서장은 이들의 이야기를 경청하며 중요한 것을 적어 나갔다.

무대 뒤편에 자리 잡은 세션들은 밴드 마스터와 대화하며 필요한 세팅을 하고 있었다.

[자, 다시 한번 가 봅시다.]

모든 준비가 끝나자 셰무얼이 외쳤다. 와이어를 단 댄서들이 하늘로 솟구쳤고, 모든 밴드가 일제히 치고 나왔다.

"Cause I was way-"

솟구치는 댄서들 중심에 셰무얼의 목소리가 메아리쳤다.

미끄러지듯 백스텝을 밟아가던 셰무얼은 살짝 인상을 찡그리더니 춤을 멈췄다. 곧 음악이 멈추고, 솟구친 댄서들도 천천히 내려왔다.

[내 거 베이스 조금만 낮춰줘요. 너무 웅웅대.]

무대 아래, 방송실에서 장비를 조작하는 기사의 손놀림이 바빠졌다. 셰무얼은 몇 번이나 귓가를 가리키며 불만을 표했다.

입구에 들어선 강윤은 음향기사 옆에 섰다. 셰무얼의 노래와 악기들이 만들어내는 음표들이 검은빛을 자아내고 있었다.

'크윽.'

강윤은 묵직한 통증에 가슴을 움켜쥐었다. 묵직한 뭔가가 두드리는 느낌이었다. 모니터뿐만 아니라 밖으로 들려오는 사운드도 저음이 도드라졌다.

'이 느낌은, 저음에 문제가 있다는 거군.'

음향기사는 계속 저음을 조절하고 있었지만, 셰무얼이 만족할 만한 사운드를 잡지는 못하고 있었다. 덕분에 강윤은 계속 둔탁한 통증을 느껴야 했다.

한 가지는 확실히 알 수 있었다. 이런 느낌은 저음의 문제라는 것.

[제이크, 너무 작아요.]

오늘따라 음향기사의 컨디션이 좋지 않은지 계속 저음부에 문제가 생겼다. 짜증이 날 법도 했지만 셰무얼은 차분히 기다려 줬다.

다 됐다는 신호가 떨어지자 셰무얼은 다시 마이크를 잡았다.

"Cause I was way-"

강윤은 눈을 감았다. 둔기로 두들기는 느낌은 사라졌다. 대신, 날카로운 가시로 온몸을 찌르는 느낌이 그를 사로잡았다.

'뭐, 뭐야 이건?'

당황스러웠다. 무대의 셰무얼도 마찬가지였다.

[제이크, 너무 날카로워요.]

[미안해요.]

마이크를 맞추는 시간이 길어지고 있었다. 제이크는 헤드셋을 잡은 손에 힘을 준 채 온 신경을 집중했다.

"Cause I was way—"

모든 악기를 멈춘 채, 세무얼의 목소리만이 퍼져 갔다. 검은빛이 보이는 가운데, 가시가 찌르는 느낌이 강윤을 계속 사로잡았다.

'이건 고음에 문제가 있다는 거군.'

하나를 알게 되니 둘을 아는 건 쉬웠다. 음향기사의 손놀림이 바쁜 가운데, 세무얼의 목소리는 계속되었다.

가시가 찌르는 느낌과 둔기로 두들기는 느낌이 뒤섞이기도, 하나만 느껴지기도 했다.

[비가 와서 그런가. 이대로 갈게요.]

[미안해요, 세무얼.]

[괜찮아요. 더 기다리게 할 수는 없으니까요.]

결국 세무얼은 만족스러운 세팅을 하지 못했다. 음향기사의 미안하다는 말을 뒤로한 채 다시 연습이 시작되었다.

강윤이 연습을 지켜보는 가운데 출연진들이 만드는 음표는 검은빛을 만들어냈다.

'둔탁한 느낌이야.'

조금 전의 둔기로 두들기는 느낌에 따가운 느낌이 뒤섞여 있었다.

와이어를 단 댄서들이 하늘로 솟구쳤고, 밴드는 신나게 연주하고 있었지만 이상하게 무대는 들뜨지 않았다.

'이건 아니구나.'

강윤이 셰무얼을 보니 얼굴이 침울해져 있었다. 음향기사도 최대한 뭔가를 조작하고 있었지만, 셰무얼의 우울한 기색은 달라지지 않았다.

[실례합니다, 제이크.]

강윤은 조심스럽게 음향기사를 불렀다.

[아, 새로 온 마스터군요. 무슨 일인가요?]

[안녕하세요. 이강윤이라고 합니다.]

처음 보는 얼굴이라 인사를 한 후, 강윤은 천천히 운을 뗐다.

[셰무얼 목소리 잡는 게 쉽지는 않지요?]

[네, 귀가 여간 까다로운 게 아니니까요. 게다가 오늘은 습해서 더 한 것 같습니다. 셰무얼이 눅눅한 걸 싫어해서요.]

[셰무얼은 말끔한 소리를 좋아하죠. 아, 혹시 이 기계, 이펙터가 내장된 기종인가요?]

강윤이 묻자 음향기사는 한쪽만 끼고 있던 헤드셋을 완전히 빼며 그를 의문스럽게 쳐다봤다.

[그렇긴 합니다만. 왜 그러신지.]

[이펙터를 넣어보는 게 어떨까 해서요.]

음향기사는 인상을 찌푸렸다.

[마스터, 제가 일하는 방식이 마음에 안 드십니까? 이렇게 끼어드는 건 불쾌하네요.]

강윤은 손사래를 쳤다.

[그럴 리가요.]

[마스터, 한국에서는 어땠을지 모르겠지만 여기서는 존중을 부탁

드립니다.]

음향기사는 무서운 얼굴로 강윤을 노려보았다. 당혹스러울 정도였다. 강윤은 잠시 멈칫했다가 다시 말했다.

[당연히 제가 제이크보다 음향에 대해 잘 알 리가 없죠. 다만, 제이크가 이것저것 다 해봤는데, 이펙터만 손을 안 대길래 한 말입니다.]

[셰무얼이 이펙터를 정말 싫어합니다. 목소리를 왜곡하는 거라고.]

[아, 그런 문제가 있었군요.]

강윤은 인상을 찌푸리는 셰무얼을 바라보다가 다시 믹서 쪽으로 눈을 돌렸다.

[그래도 저 상태보다는 좀 더 낫지 않을까요?]

[…….]

음향기사에게는 가수가 즐겁게 노래하는 것만큼 보람된 것은 없다. 지금 셰무얼은 괴롭게 노래하고 있었다. 이러나 저러나 뭐라도 해보는 게 낫다.

[…….]

잠시 생각하던 음향기사는 이펙터를 넣었다. 곧 셰무얼의 목소리가 맑아지며 시원하게 퍼져 나갔다.

"I'm looking for-- looking--!!"

평이하게 노래하던 셰무얼의 목소리가 강렬하게 치고 올라갔다.

음향기사의 눈이 휘둥그레졌다. 강윤에게도 시원한 바람은 맞는 느낌이 났다. 가시에 찔리는 느낌이나 둔탁한, 그런 느낌은 온데간데없이 사라졌다.

노래에 깊이 빠져든 셰무얼 때문인지 댄서들이나 세션들까지 신나게 어우러졌다.

[뭐, 뭐…… 이럴 때가 아니지!!]

당황하던 음향기사는 빠르게 음향을 세팅해 갔다. 이펙터 들어간 셰무얼의 목소리를 중심으로 모두의 소리가 세팅되었다. 눅눅했던 소리가 시원하게 퍼져 갔고, 강윤에게도 시원한 바람이 불어닥쳤다.

"Forever--"

셰무얼의 노래가 잠잠해지며, 다시 한번 전 세션의 연주가 터져 나왔다. 댄서들의 춤사위도 화려하게 터져 나왔고, 초록 톤의 조명도 붉게 바뀌며 임팩트를 더했다.

연습은 그렇게 끝이 났다.

[……뭐지?]

노래에 빠져들었던 셰무얼이 그제야 깨어났다.

[아아. 아아- 이펙터?]

그제야 마이크에 이펙터가 들어가 있던 걸 깨달은 셰무얼은 음향기사를 향해 목소리를 높였다.

[제이크, 이펙터를 넣으면 어떡해요.]

[그게…….]

[제가 넣자고 했습니다.]

그때, 강윤이 나섰다. 셰무얼의 눈이 동그래졌다.

[강윤? 하아, 아무리 마스터라도 음향기사 일에 함부로 나서는 건…….]

[지금 소리 별로인가요?]

강윤이 묻자 세무얼은 당황했다.

[계속 눅눅한 소리가 나서 살짝 이펙터를 넣었습니다. 세무얼이 이펙터 들어간 소리를 싫어하는 건 알고 있지만…… 오늘만 이해해 주십시오. 월권한 것은 사과드립니다.]

세무얼은 신음성을 냈다. 보통내기가 아니었다. 결국 세무얼이 연습에 집중을 못 해서 돕기 위해 그렇게 했다는 말이니까.

[이 이야기는 나중에 하기로 하죠. 아무튼 이쪽으로 와요, 강윤.]

세무얼은 무대 아래 있던 강윤에게 손짓했다. 강윤이 무대에 올라서자 그는 강윤을 출연진 앞에 세웠다.

[연습실에서 보는 건 또 다른 거니까. 우리 마스터입니다.]

[오오오!!]

출연진은 강윤을 향해 환호와 함께 박수를 쳤다. 환영과 기대, 걱정과 불안 등이 뒤섞인 모습이었다. 그 가운데 주아도 있었다.

[잘 부탁드립니다.]

강윤은 공손하게 고개를 숙인 후 세무얼 쪽으로 눈을 돌렸다.

[연습도 볼 겸, 할 말이 있어서 왔습니다.]

[중요한 일인가요?]

[네, 중요한 일입니다.]

세무얼은 출연진을 향해 양해의 눈빛을 보냈다. 두 사람은 무대 밑으로 내려왔다.

[콘서트 장소가 아직 결정되지 않았다고 들었습니다.]

[장소요? 아, 그랬죠.]

세무얼은 어색하게 웃으며 손가락을 튕겼다.

[난 어디든 좋아요. 노래할 수 있는 곳이라면.]

[너무 광범위하지 않습니까?]

강윤이 난색을 표하자 세무얼은 웃었다.

[가수는 팬들이 있는 곳이면 어디든 가는 거예요.]

[그렇다면 기준을 사람들이 가장 많이 올 수 있는 곳으로 선정하면 될까요?]

[가장 많이 오는 곳? 재미있네요. 의욕적이구요. 가장 많이 온다니. 한 10만 명?]

세무얼은 강윤의 어깨를 툭 두드렸다. 웃음이 피는 게 만족스러워 보였다.

강윤은 계속 물었다.

[알겠습니다. 그것 하나면 된다, 이거죠?]

[하하하. 재미있겠네요. 그렇게 할게요.]

세무얼은 함박웃음을 터뜨렸다. 자신감이 드러나는 웃음이었다.

강윤은 들고 온 서류를 덮어버렸다.

[알겠습니다. 관객 동원이 가장 많은 곳…….]

[기대할게요. 그것만 된다면 남극도 괜찮아요. 거기 연구원들이나 거주자들만 모아도 상당할 테니까.]

강윤이 고개를 끄덕이며 돌아서자 세무얼이 강윤의 어깨를 붙잡았다.

[잠깐, 잠깐. 아무리 그래도 남극은 힘들어요.]

[괜찮을 것 같았는데…….]

[그래요? 진짜로 해볼까요?]

셰무얼과 가벼운 농담을 주고받은 후, 강윤은 다시 사무실로 향했다.

♪♬♩♪♬♬♩♪

김지민의 싱글 앨범 '단 한 번, 스무 살'이 발매되었다.

김재훈과 희윤이 함께 작업한 결과물이었다. 작곡에 희윤이, 편곡에는 김재훈이 나섰고, 작사에 김지민 본인이 직접 참여했다. 장소 협찬은 강윤이 해주었다.

음원 깡패라고 불리는 가수답게 자정에 발매되자마자 몇 시간도 안 돼서 1위에 올라 버리는 기염을 토했다. 월드의 음원 사이트 이츠파인은 말할 것도 없고 헤븐, MD뮤직 등에서도 1위를 차지해 버렸다.

이 싱글 앨범을 들고 은하는 활동을 시작했다.

"……수고했어."

운전대를 잡고 있던 신입 매니저, 김성민은 지친 모습으로 차에 오른 김지민을 위로했다.

"오빠도 수고하셨어요."

"아니야. 팀장님, 수고하셨습니다."

이젠 매니저 팀장의 자리에 오른 문주명은 말없이 운전대를 잡은 신입의 어깨를 두드렸다.

"다음 스케줄은 어디예요?"
"해운대."
"……머네요."
차가 출발하자마자 김지민은 담요를 덮고 잠을 청했다.
대전에서 부산까지. 상당한 거리다.
코디나 매니저들도 그녀의 잠을 깨우지 않기 위해 소음을 내지 않으려 애썼다.
"차 많네."
문주명 매니저는 꽉 막힌 도로들을 보며 중얼거렸다. 햇살이 작렬하는 도로는 이미 차들로 빽빽했다.
"어떡합니까. 이대로 가면 늦습니다."
"말이야 방구야. 밟아."
"네."
요리조리 추월도 하면서 앞으로 나갔지만, 꽉 막힌 도로 상황은 뚫릴 줄을 몰랐다. 따가운 햇볕만큼이나 도로는 짜증을 유발했다. 햇살까지 작렬해 운전대를 잡은 신입, 김성민 매니저를 괴롭혔다.
기어가던 차들이 조금씩 사라졌다. 도로가 뚫리자 벤은 나는 듯이 해운대를 향해 달려갔다.
결과는 5분 지각.
"죄송합니다."
"아닙니다. 오시느라 고생 많으셨습니다."
문주명 매니저와 김지민은 기다리고 있던 주최 측 사람들에게 고개 숙여 사죄했다. 도로가 막혔다지만 지각은 지각이었다.

기업의 로고가 그려진 반팔을 입은 남자는 사람 좋은 미소를 지었다.

"늦으신다고 해서 시작 시간을 조금 늦춰놨습니다. 천천히 준비하시면 됩니다."

"아닙니다. 지민아, 준비하자."

"네, 오빠."

인사할 틈도 없이 일행은 서둘러 대기실로 마련한 천막으로 향했다.

천막 안으로 들어가니 오늘 출연한다는 가수들이 분장과 의상을 준비하고 있었다.

"안녕하십니까, 선배님. 어? 예린아."

처음 보는 사이도, 간간이 마주치는 가수도 있었다. 선배들에겐 90도로 인사했고, 후배 가수에겐 인사도 받으며 대기실에 앉았다. 코디가 얼굴에 뜬 화장을 정리해 주었다.

김지민이 무대를 준비할 동안, 신입 매니저 김성민은 벤 근처에서 담배를 태우고 있었다.

"덥다, 더워."

날은 덥지, 짜증은 나지. 여름날 스케줄 도는 건 여러모로 힘들었다.

얼른 한 대 태우고 차 안에서 에어컨이나 쐐야겠다는 생각을 하고 있는데, 저쪽에서 한 여자와 남자가 다가오고 있었다.

"진혜영?"

지예의 대표 걸그룹이 된 윙클의 진혜영과 담당 매니저였다. 더위 탓인지 진혜영은 옷깃을 연신 펄럭여 댔고, 담당 매니저는 그녀를 향해 부채질을 하며 걸어오고 있었다.

김성민이 담배를 비벼 끄고 돌아서려는데, 진혜영이 김성민을 불렀다.

"거기 운전대."

"……응?"

"당신 말이야, 당신. 월드 운전대 당신밖에 없잖아. 불 좀 줘."

김성민은 당황했다.

프로필상 진혜영은 스물셋밖에 안 됐다. 담배 달라며 손짓하는 것도 놀라운데 처음 보는 자신에게 로드매니저를 낮춰 부르는 속어까지…….

벙쪄 있는 김성민을 향해 이격이 들어왔다.

"뭐 하고 있어. 얼른 주지 않고."

"에?"

"뭘 야리고 있어? 선배 처음 보냐?"

남자 매니저는 한술 더 떴다. 명백한 시비조였다. 이쯤 되니 처음엔 당황했던 김성민도 점점 끓어올랐다.

"언제 봤다고 친한 척입니까? 그리고 진혜영, 내가 당신 매니전 줄 알아?"

"불 하나 가지고 유세는. 꺼져."

연예인들, 성격 유별나다는 게 이런 말인가?

뒷목이 잡혔다.

김성민도 툭 한마디 내뱉곤 돌아섰다.

"……회사에서 지예 쪽 인간들하고는 상종도 하지 말라더니. 이유가 있었네."

"허? 뭐라? 너 거기 서봐."

퍽!!

남자 매니저는 돌아선 김성민을 잡더니 그대로 안면에 주먹을 꽂았다.

김성민도 가만히 있지 않았다. 그대로 멱살을 잡고 주먹을 날렸다. 난투극이 벌어졌다.

"이 씨발 새끼가."

"미친 새끼가."

삽시간에 사람들이 몰려들었다. 자고로 사람들이 가장 좋아하는 게 불구경과 싸움 구경이다.

찰칵- 찰칵!!

주변에서 촬영하는 것도 모르고 두 매니저의 주먹다짐은 계속되었다.

[수고했어요.]

[내일 봐요.]

한밤이 되어서야 기획팀의 업무는 끝이 났다.

모두가 문을 나서는데, 리사가 강윤을 돌아보았다.

[마스터, 설마 거기로 마음을 굳히신 건가요?]

강윤이 말없이 미소만 짓자 리사는 안면을 쓸어내렸다.

[두 달 내라면 거긴 절대로 불가능할 거예요. 하기야, 관객 동원 규모라면 거기만 한 곳은 없겠지만. 내일 봬요.]

리사가 돌아간 후에도 강윤은 아직 서류를 놓지 못했다.

'연말이라면 홍보 기간이 너무 짧아. 티켓팅도…….'

티켓팅 관련 서류를 넘기니 머리가 아파왔다. 아무것도 되지 않았다는 백지장이 강윤을 맞이하고 있었다.

'외주 업체 선정도 안 됐고, 홍보 업체도 그렇고. 대체 전의 기획팀장들은 대체 뭘 한 걸까? 대행사조차 선정하지 않았다니. 스폰서 논의라도 했어야지.'

셰무얼이 아무리 돈이 넘친다고 해도 해외 콘서트는 만만치 않은 자금이 드는 대사업이다. 반드시 스폰서가 필요했다. 먼저 공연 장소를 선정하고 안정성을 기해야 스폰서나 대행사도 구할 수 있을 터.

'연말은 무리야.'

과제들을 적을 때마다 강윤의 아미가 좁아졌다.

'관객을 많이 동원할 수 있는 곳이면 된다고 했지? 그곳이라면 셰무얼도 만족할 거야.'

서류를 덮은 강윤은 연습실로 향했다. 오늘 이야기를 마칠 생각이었다.

모두 함께 하는 연습은 끝났지만 아직 불이 켜져 있었다. 무대 위에는 셰무얼이 홀로 춤을 추고 있었다.

[셰무얼.]

[헉헉. 후우. 강윤?]

거친 숨을 몰아쉬며 셰무얼은 손을 흔들었다. 이마에는 구슬땀이 흐르고 있었다.

[아직 퇴근 안 했어요?]

[할 말이 있어서 왔습니다.]

[그래요? 앉아요.]

셰무얼은 강윤에게 손짓하곤 무대 위에 걸터앉았다. 시원하게 물을 벌컥벌컥 마시곤 강윤에게도 물통을 내밀었다.

꿀꺽꿀꺽 소리를 내는 강윤에게 셰무얼이 물었다.

[공연 장소 때문인가요?]

[네, 오늘 결정을 했으면 합니다.]

[그래요? 어디일지 기대되는군요.]

셰무얼이 눈을 반짝였지만, 강윤의 눈빛은 가라앉았다. 차분해졌다.

[상파울루.]

[브라질? 남미 말인가요?]

남미?

상상도 못 한 장소 선정에 셰무얼의 눈이 가느다래졌다.

4화

그는 다르다

[낮에 말했던 조건에 가장 맞는 곳입니다.]

강윤의 역설에도 셰무얼은 의아한 표정이었다. 이전 기획팀장들 누구도 남미에 대해 이야기한 적은 없었다. 객관적인 데이터가 없었기 때문이었다.

관객 동원력이 가장 높은 곳이 남미라니, 당혹스러웠다.

[강윤, 이해가 잘 안 가서 그러는데, 명쾌하게 말해줘요.]

[간단하게 말해서 쌓아놓은 것이 많습니다.]

[쌓아놓은 것? 어렵네요. 더 말해봐요.]

셰무얼은 강윤 쪽으로 몸을 돌렸다. 선생님의 설명을 듣는 학생 같았다. 강윤도 몸을 돌리곤 손짓을 섞어가며 말을 이어갔다.

[브라질에서 뮤직비디오를 촬영한 적이 있었죠?]

[뮤직비디오? 아.]

셰무얼의 머릿속에 뭔가가 떠올랐다. 두 달간 체류하며 뮤직비디오를 촬영한 기억이었다.

['Nice and Good' 때문에 갔었어요. 상파울루, 리우데자네이루, 그리고…….]

[타파딩가.]

[아, 맞아요. 거기 국경도시!! 잠깐.]

셰무얼은 놀란 얼굴로 강윤을 바라보았다.

[많이 조사했네요.]

[아닙니다. 당시에 고생을 많이 하셨다고 들었습니다.]

[의욕이 넘쳤었거든요. 큰 나무들, 나무 사이에 새어들어 오는 빛까지. 하나같이 예술이었어요. 문제는 우기였다는 거? 어유~]

셰무얼은 아마존 밀림 이야기를 하며 너스레를 떨었다. 과거의 고생은 후에 이야깃거리가 되는 법. 강윤은 추임새를 넣으며 귀를 기울였다.

오랜만에 추억을 떠올려 즐거웠는지 셰무얼의 얼굴에 웃음꽃이 피었다.

[……지역 방송국 프로그램에 출연도 했었죠. 사람들이…… 아, 그건 그렇고. 강윤, 7년 전 일을 사람들이 지금까지 기억할 리가 없잖아요.]

한참 듣던 강윤은 선선히 고개를 흔들었다.

[어떻게 홍보하느냐에 따라서 다릅니다.]

[그래도 7년은 너무 긴데…….]

셰무얼의 눈매가 다시금 좁아졌다. 설명이 더 필요하다는 걸 느낀 강윤은 자세를 고쳐 앉았다.

[브라질에 입국할 때 마중 나왔던 사람들 기억나십니까?]

세무얼은 고개를 흔들었다.

[마중? 입국 일정도 알리지 않고 들어왔었어요.]

[돌아갈 때는 어땠습니까?]

[흠…… 그때는.]

세무얼은 끙 소리를 냈다.

[조용히 떠나려고 했죠. 그런데 한 방송국 PD가 출국 일정이 흘려 버렸어요. 덕분에 공항에 소란이 일었죠. 비행기 시간도 미뤄지고…… 지금 생각해도 미안하고, 고맙네요.]

[그때 높은 사람들도 나오지 않았었나요?]

[높은 사람? 정부 사람들 말하나요?]

잘 떠오르지 않는지 세무얼은 갸웃했다.

[잘 생각해 보십시오. 그때 분명 다른 사람들도 있었을 겁니다.]

[아, 기억난다. 대통령 비서실장이라는 사람이 와인과 커피를 챙겨줬었어요. 풍채 있고 인상 좋은 사람이었는데…….]

[역시.]

강윤이 고개를 끄덕였지만, 세무얼은 여전히 의문이었다. 관료에게 배웅받은 것이 관객 동원과 무슨 관련이 있다는 건지.

[세무얼이 영향력이 없었다면 정부 사람이 직접 나오는 일은 없었을 겁니다. 게다가 비서실장이면 측근이잖습니까.]

[그런 건가……? 그 사람들이 내 팬이었던 거 아닐까요?]

세무얼은 어깨를 으쓱였다. 강윤은 차분하게 말을 이어갔다.

[캐리나 다른 가수들에게 물어보십시오. 누구도 정부 인사가 직접 배웅을 나오는 가수는 없을 겁니다.]

세무얼은 바로 매니저에게 브라질에서 공연했던 가수들에게 물어봐 달라고 부탁했다.

10분 후.

[……강윤의 말이 맞군요.]

매니저의 문자 연락을 받은 세무얼은 선선히 고개를 끄덕였다.

강윤의 눈이 빛났다.

[7년은 확실히 깁니다. 하지만, 이 정도 영향력은 쉽게 사라지지 않습니다. 브라질에서의 앨범 판매량도 이를 증명합니다. 언제나 3위권 안에 들고 있잖습니까.]

[그건 그렇지만, 그렇다고 많이 팔렸다고 하기도 애매한데…….]

세무얼은 말끝을 흐렸다. 넘어가고 있다는 증거일까.

강윤은 쐐기를 박았다.

[기반은 충분히 있습니다. 여기에 충분한 홍보, 철저한 준비가 함께 한다면 세무얼이 원하는, 지금까지 없던 콘서트를 만들 수 있습니다.]

강윤의 눈이 반짝였다. 결정을 해달라는 눈빛이었다. 세무얼은 고개를 숙이며 고심했다.

잠시 후, 뭔가 결정을 내린 세무얼이 긴 한숨과 함께 씁쓸한 얼굴을 했다.

[……강윤은 참 의욕적이군요.]

[감사합니다.]

인사를 하면서도 느낌이 싸했다.

아니나 다를까. 셰무얼의 시선이 천장을 향했다.

[이렇게까지 열정적으로 준비해 줘서 고마워요. 진심이에요. 왜 주아가 추천을 했는지 이제는 확신이 서네요. 그런데 빅 벤을 포기하는 건 불안해요.]

[빅 벤? 셰무얼.]

당혹스러웠다. 난데없이 빅 벤이라니. 런던의 상징과도 같은 시계가 여기서 왜 나왔을까.

[포기하기 힘들다니요.]

[개인적인 이유예요. 미안해요.]

[셰무얼.]

[…….]

셰무얼은 자리에서 일어나 무대 중앙에 섰다. 더 말하기 싫다는 제스처였다.

'이미 런던을 심중에 두고 있던 건가? 소문이 사실이었어.'

팀원들 사이에 떠도는 소문. 셰무얼이 런던에서 콘서트를 열기 원한다.

그의 심중을 이렇게 마주하게 되었다.

셰무얼의 이런 모습 때문에 기존의 기획팀장들이 줄줄이 사퇴했던 것이 아닐까, 강윤은 생각했다.

'노새라더니.'

한창 연습에 빠져 있는 셰무얼을 바라보며 강윤은 한숨을 쉬었다. 아무래도 지금 이야기하는 건 의미가 없어 보였다.

'런던? 또 런던? 새로운 걸 추구하는 셰무얼이?'

연습실 문을 닫았다.

평소대로라면 셰무얼이 원하는 대로 했을 것이다. 가수가 원하는 공연이 지론이니까. 그러나 이번은 달랐다. 묘한 이질감이 느껴졌다.

다음 날.

기획팀원들이 모인 회의실에는 '그럼 그렇지'라는 말들이 퍼져 갔다.

[셰무얼 고집이 보통이 아니거든요.]

작은 체구의 백인 남성, 제이콥은 고개를 흔들었고 팀원들의 어깨는 아래로 향했다. 의욕적으로 교환했던 의견들이 허사가 되었으니까.

짝.

분위기 전환을 위해 강윤은 손뼉을 쳤다.

[런던 공연은 무리인가요?]

펜을 굴리던 제이콥이 답했다

[셰무얼을 설득하면 가능하겠지만…… 쉽지 않을 겁니다.]

[셰무얼은 같은 방식으로 두 번 일하는 걸 가장 싫어하거든요.]

팀원들도 의견을 보탰다. 강윤의 눈매가 일그러졌다.

[지난번에도 런던에서 시작했고, 이번에도 런던이라면 셰무얼이 싫어하는 조건을 갖췄군요.]

그런데도 빅 벤을 언급했다. 핑계란 말이었다. 상파울루가 마음에 들지 않는다는 뜻이었다.

'남미가 싫다는 걸까?'

수정이 필요했다. 노새 같은 셰무얼을 움직일 만한.

[셰무얼이 좋아하는 게 어떤 건가요?]

[좋아하는 거요?]

[어떤 것이든 좋습니다.]

많은 이야기가 나왔다. 음식부터 노래, 심지어 여자 취향까지 나왔다. 강윤은 이 모든 걸 적었다.

한참 의견들이 오갈 때, 리사가 손을 들었다.

[다들 아는 내용인데요. 셰무얼하면 건축물 애호가잖아요? 에펠탑 같은 것들.]

[아, 맞다. 팬들 사이에서도 유명해요. 셰무얼 집에 건축물들을 본뜬 조각품들도 있어요. 장난감은 말할 것도 없고.]

팀원들 모두가 입을 모았다. 특히 크고 높은 건물이나 예술품들을 좋아했다.

그때, 강윤이 말했다.

[왜일까요.]

[네?]

[왜 셰무얼은 그런 건축물들을 좋아할까요?]

출발점이었다. 다른 팀원들은 서로를 멀뚱멀뚱 바라보았다. 좋아하는 건 좋아하는 거지, 왜라니. 그러든 말든, 강윤의 머릿속엔 의문이 꼬리를 물었다.

'런던에는 빅 벤이 있고, 뉴욕에는 자유의 여신상이 있고…… 아니, 이건 비약일지도.'

뭔가가 머릿속을 스쳐 갔다.

[셰무얼이 공연지를 선정할 때, 어떤 걸 기준으로 삼는지 아십니

까?]

[네? 무슨 말씀이신가요?]

리사가 반문하자 강윤은 재차 물었다.

[말 그대로, 가장 중요하게 생각하는 것 말입니다.]

[관객 수죠. 철저하게. 앨범 판매량과 인지도가 높은 곳을 고려해서…….]

[아니, 그런 것 말고. 진짜 기준.]

강윤이 강하게 부정하자 팀원들 모두가 서로를 멀뚱멀뚱 바라보았다. 모르겠다는 눈빛이었다.

'세무얼만의 기준이 있어.'

팀원들의 모습을 보니 확신이 들었다. 조금 가닥이 잡혔다.

회의는 그렇게 마무리되었다. 그동안 하던 일들에 초점을 맞추는 방향으로 하루를 지내는 것으로 일정을 계획했다.

하루의 시작이었다.

회의를 마친 후, 강윤도 일어나려는데 주머니에서 진동이 느껴졌다. 이현지였다.

"이사님, 오랜만입니다."

―안타깝지만, 안부 인사 할 때가 아닌 것 같네요.

이현지에서 뭔가가 느껴졌다. 강윤의 목소리도 차분해졌다.

"무슨 일입니까?"

―사고예요. 대형 사고.

이현지는 차분히 자초지종을 이야기했다.

입사한 지 얼마 안 된 매니저가 주먹다짐을 했다는 이야기를 듣고 강윤은 안면을 가려 버렸다.

잠시 말을 잇지 못했지만, 강윤은 이내 마음을 추슬렀다.

"……일단 지예 측과 입을 맞춰야겠군요."

–그쪽이 우리와 대화를 하려고 할지는 모르겠지만…… 좋게좋게 끝났으면 좋겠군요. 그런데 신입 직원은 어떻게 할까요?

"우리 식구는 우리가 때려야죠. 남이 때리는 꼴은 보고 싶지 않습니다."

–알겠어요.

통화가 끝났다. 강윤은 세이스에 접속해 연예란을 열었다.

–월드, 지예 직원들, 해운대에서 난투극 벌여. 기획사 갈등 드러나?

대문짝만 하게 실린 기사를 보며 강윤은 안면을 가렸다.

"……시시비비 가리는 게 문제가 아닐 텐데요."

핸드폰을 든 이현지의 아미가 심하게 구겨졌다. 평소 차분하던 목소리는 거칠어진 지 오래였다. 전화상으로 들려오는 목소리도 커져 가자 이현지는 차갑게 냉소했다.

"……법과 원칙대로 하자? 어떤 게 법과 원칙대로인지 모르겠군요. 됐고, 그쪽 단속이나 잘 하세요."

핸드폰에서 뭐라고 하는 목소리가 들려왔지만 이현지는 들은 척도 하지 않고 끊어버렸다. 그리고 앞에 앉아 있는 두 매니저, 문주명과 김성민에게로 눈을 돌렸다.

"……."

날카로운 눈빛과 마주하자 문주명 팀장은 우물쭈물했다. 반면 사고를 친 당사자 김성민은 할 말이 많았는지 목소리를 높였다.

"시비는 그쪽에서 먼저……."

"변명은 됐어요."

"……."

김성민 매니저는 순간 움찔했다. 눈을 마주치니 아무 말도 할 수 없었다.

문주명 팀장은 기어들어 가는 목소리로 말했다.

"죄송합니다. 제가 애들 관리를 못 해서……."

문주명 팀장이 계속 고개를 조아렸지만, 이현지는 무시했다. 주먹이 오가다니. 이해하려고 해도 이해가 가지 않았다. 기사까지 나버린 상황. 목격자도 많았다. 여기에 저 신입의 뻣뻣함이 이현지의 가슴에 불을 질렀다.

"김성민 매니저."

"……네."

낮은 톤의 답이 들려오자 이현지 역시 낮은 톤으로 말을 이어갔다.

"잘잘못은 나중에 따지도록 하죠. 중요한 건 그게 아니니까. 회사 입장부터 이야기할게요."

"저더러 책임지라고 하신다면 지겠습니다."
"입 다물고 내 말부터 들어요."
이현지에게서 거친 소리가 쏟아지자 김성민 매니저는 움찔했다. 조용해지자 이현지는 말을 이어갔다.
"……이번 일에 대한 책임은 회사가 안을 겁니다. 그쪽이 시비를 먼저 걸었든, 걸지 않았든. 그런 건 아무래도 좋아요. 이 일에 따른 변호사나 합의금도 회사가 지불할 겁니다."
"이사님……."
뜻밖이었다. 김성민 매니저의 눈이 가늘게 떨렸다. 이런 대형 사고까지 회사가 지겠다니…… 무슨 말을 해야 할지 알 수 없었다.
"잘잘못을 떠나서 김성민 씨는 우리 식구니까요."
"……이사님."
"할 말은 이것뿐이에요. 징계 사항은 오늘 안에 통보하죠. 나가보세요."
이현지는 축객령을 내렸다. 김성민 매니저는 멍해졌다. 최악의 경우, 사직도 각오하고 있었다. 그런데 책임을 지겠다? 안고 가겠다? 거대한 회사에서도 듣기 힘든 발언들이었다. 그도 양심이 있었다.
"제, 제가 책임지겠습니다. 사표를……."
"다시 말해봐요."
"사표를……."
쾅!!
이현지는 탁자 위에 놓인 서류들 위로 손을 거세게 내려쳤다.

"김성민 씨."

"……."

"당신, 그것밖에 안 되나요?"

분위기가 급속도로 냉각되었다. 김성민 매니저는 고개를 숙인 채 입술을 깨물었고, 문주명 팀장은 고개를 돌려 버렸다.

"이 정도 일로 사직? 그 정도 멘탈밖에 안 되나요?"

"……."

"당연히 큰 잘못을 했죠. 손해도 커요. 하지만 이 정도 일로 사표? 책임감이 그것밖에 안 돼요?"

할 말이 없었다. 부끄러움에 얼굴이 빨개졌다. 잠시 멈칫하던 김성민 매니저는 기어들어 가는 목소리로 입을 열었다.

"……죄송합니다."

바닥에 눈물 자국이 하나둘씩 떨어지고 있었다. 부끄러움, 미안함이 얼룩진 자국이었다.

이현지가 문주명 팀장에게 눈짓하자 그는 후배의 어깨를 감싸곤 이사실을 나섰다.

"다음엔 그러지 마세요."

담담히 들려오는 말이, 김성민 매니저의 가슴을 진하게 울렸다.

"……죄송합니다, 선배님."

마음을 추스른 후, 김성민 매니저는 문주명 팀장에게 계속 고개를 조아렸다.

"됐어. 이사님 이야기 들었지? 앞으로 그런 일 절대 만들지 마."

"네, 명심하겠습니다."

"이만하길 다행이다. 다른 데였으면 다 뒤집어썼어."

"알고 있습니다. 감사하고, 죄송합니다."

문주명 팀장은 고개를 절레절레 흔들었다.

"됐다. 그나저나 너랑 한바탕했던 그놈은 어떻게 될지 모르겠네."

"괜히 회사들끼리 싸움 나는 것 아닙니까? 지예랑 월드 사이 정말 안 좋지 않습니까."

"아는 새끼가 그러냐."

선배에게 한 소리 듣고 있을 때, 김성민 매니저의 핸드폰에서 딩동 소리가 났다. 모르는 번호였다.

"시말서 100장, 빽빽하게 채워서 이사실에……? 감봉 2개월? 뭐지?"

김성민 매니저는 핸드폰을 선배에게 보여주었다.

문주명 팀장은 익숙한 번호를 보더니 눈이 휘둥그레졌다.

"이, 이거 이사님 번호야. 가, 감봉에 시말서 100장?! 미쳤나?! 뭐냐, 이건?!"

"자, 장난 아닙니까? 허억?!"

그제야 김성민 매니저는 경악에 찬 눈빛으로 고개를 떨궜다. 사고를 친 대가는 결코 작지 않았다.

♪ ♬ ♩ ♪ ♬ ♬ ♩ ♪

–이 X 같은 새끼가!!

–이 씹XX 같은…….

영상 안의 두 남자 사이에 주먹이 오갔다. '월드, 지예 매니저 길거리 싸움'이라는 영상은 튠에 올라와 베스트를 달성하며 삽시간에 퍼져 나갔다.

"……이런 게 쉽게 지워질 리가 없지."

강윤은 이마를 부여잡았다.

나쁜 소문이 더 빨리 퍼지는 법이다. 게다가 그동안 좋은 이미지만 구축해 왔던 월드의 매니저가 저지른 사고라 더더욱 그랬다.

삭제를 요청해서 지워지면 다른 버전의 영상이 올라오고, 지우면 또 다른 영상이 출연하는 악순환이 반복되었다.

–잘들 논다.

–사이 안 좋다더니, 현피까지 뜨네?

–ㅋㅋㅋㅋㅋㅋㅋㅋㅋㅋㅋㅋㅋㅋㅋㅋㅋㅋㅋㅋㅋㅋㅋㅋㅋㅋㅋㅋㅋㅋㅋㅋㅋㅋㅋ

–이번엔 매니저였고, 다음엔 가수 차례임?

조롱 일색이었다. 특히 사이가 안 좋은 두 소속사의 매니저들이 벌인 싸움이라 관심이 컸다.

영상을 끈 후, 강윤은 핸드폰을 들었다.

"지예는 어떻게 하고 있을지."

이전까지의 관계가 어찌 됐든, 지금은 문제 해결이 우선이었다. 강윤은 지예에 전화를 걸었다.

—월드 회장님이시라고요?! 잠시만 기다려 주십시오.

회사 오픈 번호로 연결했더니 비서실, 강시명 사장에게로 연결되었다.

강시명 사장은 한껏 거드름을 피우며 인사를 건넸다.

—이 사장님이시군요. 오랜만입니다.

"안녕하십니까. 반갑지 않은 일로 연락을 드리게 됐습니다."

—유감스러운 일입니다. 매니저들끼리 주먹 교환이라니요. 조폭 영화인 줄 알았습니다.

"저도 유감입니다. 앞으로 이런 일은 있어선 안 됩니다."

—물론이지요. 앞으로 이런 일은 없을 겁니다.

"저희도 주의와 징계를 주었습니다. 우리 두 회사를 놓고 가뜩이나 들끓는데, 괜히 말이 나오게 만들 필요는 없잖습니까."

—맞습니다. 라이벌이라지만 이런 불미스러운 일로 얽혀선 곤란하죠. 아, 저희는 10분 전에 입장을 먼저 발표했습니다.

10분? 공교로운 타이밍이었다.

지예 홈페이지와 SNS에 들어가니 공식 입장문이 있었다.

"……매우 유감스럽게 생각하며, 이런 일이 발생하지 않도록 하겠다. 불미스러운 일로 폐를 끼친 점 팬들께 사과드린다. 회사 내부에서 조사한 결과, 개인적인 은원으로 인한 충돌이며, 우려하시는 회사 간 갈등과는 관련이 없다."

요지는 간단했다. 회사의 문제가 아니라 개인의 문제라는 점.

강시명 사장의 여유로운 웃음소리가 들려왔다.

–애들 싸움이 어른 싸움으로 번지면 꼴불견이지요. 두 사람 일은 두 사람이 책임지게 하자는 게 저희 입장입니다. 월드는 어떻게 할 생각입니까?

"저흰 공동 대응을 했으면 합니다."

–글쎄요. 이만한 일에 두 회사가 함께 나서는 꼴이라니. 내키지 않는군요.

강시명 사장의 부정적이었다. 강윤이 계속 설득하자 피식 웃으며 한 가지 제안을 던졌다.

–우린 이미 입장을 발표했지요. 거기에 말을 맞추면 공동 대응을 한 것과 같은 효과가 날 겁니다.

"강 사장님."

–허이고, 이런. 손님이 오셨군요. 나중에 또 통화합시다.

결국 소득 없이 통화가 끝났다.

핸드폰을 내려놓고 강윤은 생각에 잠겼다.

'두 소속사가 입을 맞췄고, 앞으로 이런 일 없도록 하겠다'는 성명서 하나면 여론의 신뢰를 얻을 수 있을 것이다. 그러나 공식 입장 발표 하나로 수그러들 사안이 아니었다.

–실드 수준 보소.

–팬들을 바보로 암? 지예가 월드 싫어하는 건 초딩들도 아는 사실임.

–월드나 지예나 똑같네.

–윗분, 그건 좀 아닌 듯?

–아니긴!. 차라리 일찍 대응한 지예가 나음.

댓글들과 기사들을 보던 강윤은 인터넷을 껐다.

지예가 공식 입장을 발표했다면, 월드도 서둘러 뭔가를 내놓아야 했다.

–1시간 안에는 나갈 거예요.

이현지가 대처하겠다는 말을 듣고 나서야 강윤은 조금 안심이 되었다. 아침부터 회의에, 월드에 시달린 탓인지 진이 빠졌다. 몸이 바닥에 주저앉아 버렸다.

"……후우."

"남자가 무슨 한숨을 그렇게 크게 쉬어?"

축 늘어진 채 몸을 기대고 있는데, 뒤에서 여자의 목소리가 들려왔다. 돌아보니 팔을 문가에 기댄 주아가 손을 흔들고 있었다.

"왔어?"

"응, 왔어. 어때? 반갑지?"

주아는 달려와 강윤의 팔을 잡았다.

"아파."

"뭐야, 약골같이. 덩칫값 좀 해라. 밥 안 먹어?"

"아, 벌써 시간이 이렇게 됐나?"

시계를 보니 벌써 저녁 시간이었다. 해가 저문 지도 오래였다.

주아는 강윤의 머리말에 지갑을 흔들었다.

"후후, 누나라고 불러봐."

"난 빵이나 먹으련다."

"저녁 좀 사주려 했더니만."

오빠는 장단도 맞출 줄 모르냐며 주아는 타박을 늘어놓았다. 소용없는 아우성일 뿐이었지만.

두 사람은 회사를 나서 한인이 운영하는 근처 식당으로 향했다. 식당에 들어서니 주방장 모자를 쓴 한국인 남자가 반갑게 주아를 맞아주었다.

"안녕하세요."

"이야, 주아 왔네? 어? 오늘은 멋진 남자 손님까지 함께? 애인이야?"

"그럴 리가요. 이런 못생긴 남자가 무슨…… 저 눈 높아요."

헛웃음을 터뜨리는 강윤을 향해 주아는 눈을 찡긋였다.

두 사람이 구석에 자리를 잡자 그는 물과 함께 디저트를 내왔다.

"일은 잘돼가?"

"아직. 쉽지는 않네."

"셰무얼 스타일이 좀 그래. 맞추기 쉽지 않을 거야. 말대로 할 것 같은데, 결국 자기 뜻대로 하거든. 그 고집 때문에 여럿 나가떨어졌어."

주아는 고개를 절레절레 흔들었다. 월드 클래스 가수는 고집도 월드 클래스라고.

강윤이 물었다.

"와이어 타면서 춤추는 건 처음이지? 난이도가 높던데."

"처음이지. 곡예 하는 기분이야. 근데 재밌어. 공중에서 자유롭게 움직이려면 힘이 엄청 드는데, 배우는 재미가 쏠쏠해. 한국에서는 줄 달고 춤출 기회가 없었거든."

"너답다."

춤 이야기가 나오니 주아의 눈이 반짝였다.

얼마 지나지 않아 김치찌개와 불고기가 나왔다. 주인은 서비스라며 계란말이까지 함께 내왔다.

"사장님, 땡큐!!"

"주아가 왔는데 이 정도 서비스야. 고마우면 사인 하나만 줘. 사인 좀 줘."

"종이 주라니까. 바로 해줄게."

"에이, 주아 건 많지. 민진서 거. 우리 딸내미가 민진서에 죽고 못 살거든."

"체엣."

주아가 팔짱을 끼며 고개를 돌려 버리자 주인은 껄껄 웃음을 터뜨렸다. 강윤은 그 모습을 흐뭇하게 바라보았다.

"들었지? 오빠, 부탁해."

주아의 장난기 어린 눈이 강윤을 향했다. 강윤은 어색하게 웃었다.

"뭐가?"

"진서. 뭘 모르는 척해? 아저씨, 이 오빠 어떤 사람인지 모르죠?"

"응? 같은 연예인 아니었어?"

주인이 흥미를 보내자 주아는 씨익 웃었다.

"연예인은 아닌데, 더 유명하거든요. 진서네 사장. 아, 맞다. 이젠 회장이지?"

"야, 연주아."

"괜찮아. 오빤 자랑 좀 해도 돼."

민진서의 사장이라면, 월드 스튜디오의 오너. 주인의 눈이 왕방울만 해졌다.

"어이구, 어이구!! 이거이거…… 몰라뵀습니다."

"이러지 마세요. 그냥 손님입니다."

"하하하하. 괜찮아요. 거의 매일같이 들어서 이젠 친숙하거든요."

결국 주인과 악수까지 하며 통성명까지 했다. 민진서의 사인을 약속하며 서비스를 휘황찬란하게 받았다. 소불고기에 각종 찌개, 생선구이까지. 한식집에서 나오는 모든 음식을 서비스로 받았다.

강윤의 위엄 아닌 위엄에 주아는 키득키득 웃었다.

"이야, 우리 회장님 끗발 죽여주네."

"연주아, 너……."

"하하하."

주아는 상다리가 휘어지게 나온 음식들을 보며 행복해했다. 강윤은 어깨를 으쓱였다.

"그 언니 어디 갔어? 문 언니? 비서 언니."

항상 그림자처럼 따라다니던 문 비서가 없었다.

"잠깐 한국에. 중요한 일이 있어서 보냈어."
"중요한 일? 무슨 일 있어?"
"큰일은 아니고, 이사님이 많이 힘들어해서."
"그래? 근데 오빠오빠, 요새 진서는 괜찮아?"
"진서?"
강윤이 고개를 갸웃하자 주아는 눈을 껌뻑였다.
"중국 팬들이 극성이라며. 근데 진서가 거기 톱이라며."
"어쩔 수 없지. 큰 걸 얻으면 큰 대가는 항상 따라오는 법이잖아."
무심한 말이 돌아오자 주아는 눈살을 찌푸렸다.
"하여간 섬세하지 못해요."

[그래요? 그럴 수 있겠네요.]
긍정적인 모습에선 여유까지 느껴졌다. 하지만 강윤은 그에게서 고집을 느꼈다.
[제 자리를 걸고 말씀드리겠습니다.]
[그러지 말아요. 그런 말, 별로 좋아하지 않아요. 강윤은 꼭 필요한 사람이에요.]
[그 말, 진심이십니까?]
[물론이죠. 내 마음은 충분히 보여드리지 않았나요?]
마치 연인에게 고백하는 듯한 달콤한 말과 함께 셰무얼의 눈가가 휘어졌다.

'이대로는 반복이야.'

잠시 심호흡을 한 강윤은 세무얼을 정면으로 응시했다.

[며칠 동안 지켜보며 생각했습니다.]

[말해봐요. 비판은 기꺼이 수용할 테니까.]

[이곳의 모든 출연진과 스태프들에 대해 먼저 말씀드리겠습니다. 실력으로는 최고라고 생각합니다. 감히 평가하기도 두려운 분들입니다. 하나를 말하면 두세 가지를 더하는 센스부터 적극적인 태도 등등, 의욕과 능력 모두 완벽합니다.]

[감사하고 있어요. 여기 미국뿐만 아니라 호주에서 온 올리브부터 주아처럼 멀리 한국에서도 온 분들까지. 이런 무대 위에 서는 나라는 사람은 복 받은 사람이에요.]

[그 복 받은 사람이 문제라면, 어떻게 하시겠습니까?]

강윤이 정면으로 자신을 지적했지만 세무얼의 부드러운 태도는 변하지 않았다.

[그래요? 어디를 보니 문제가 됐나요?]

[말과는 다르게 세무얼은 누구도 믿지 않으니까요.]

[에이, 오해예요.]

심한 모욕이 날아들었지만, 세무얼은 너스레까지 떨며 강하게 부정했다.

[누구도 믿지 않다니요. 신뢰하지 않는 사람들과 한 무대에 서는 가수가 있을 리 없잖아요.]

[그렇다면 모두에게 왜 필요한 것들을 이야기하지 않습니까?]

[필요한 것들? 무슨 말이에요?]

[세무얼이 공연을 하는 목적. 진짜로 원하는 것.]

왜 이 춤을 추는지, 이 장치를 설치해야 하는지, 이 노래에서 전하고 싶은 메시지는 무엇인지. 강윤은 혼자 꼭꼭 숨겨두는 점을 지적했다.

셰무얼은 시선을 피해 딴청을 부렸다.

[그거야, 다들 알아서 잘해주니까요. 그리고 이건 내가 보여줘도 될 무대고…….]

['함께' 보여줘야 할 무대라고 하지 않았습니까?]

[……강윤, 난 무대에서 차지하는 비중을 말하는 거예요. 알고 있잖아요.]

강윤은 한 템포를 쉬었다. 이제부터가 중요했다. 그는 무대를 가리켰다가 셰무얼에게 손짓했다.

[비중, 당연히 다릅니다. 맞아요. 셰무얼은 무대의 중심이고, 누구보다 빛나야 합니다. 셰무얼의 노래에, 춤에 환호하게 만드는 것이 모두의 역할이고, 다들 잘 인지하고 있습니다.]

[강윤, 그러니까…….]

[하지만 그게 전부라면 이 무대는 졸작으로 끝납니다.]

[졸작? 왜 그렇게 단정하나요?]

[그렇게 되면 셰무얼만의 무대가 되기 때문입니다.]

[강윤, 그건 억지예요. 나만의 무대라니요. 너무 했어요. 그렇게 하지 않기 위해 얼마나 애를 썼…… 아니다. 오디션 영상부터 보여줘야겠네요. 아직 못 봤죠? 한 사람을 뽑기 위해 얼마나 많은 정성이 들어가는지를 보면…….]

강윤은 고개를 천천히 흔들었다.

[올 때, 비행기 안에서 봤습니다. 이 무대를 꿈꾸며 두근거리는

가슴을 잡는 댄스팀, 음 하나 틀렸다고 울던 기타리스트의 눈물까지 전부 다. 그 안에 주아도 있었죠. 특히 기억에 남는 건 모두를 모아놓고 셰무얼이 '함께' 무대를 만들어 가자는 말을 했던 장면이었습니다.]

미국에 올 때, 전용기 안에서 봤던 영상을 언급하자 셰무얼은 어깨를 폈다.

[부끄럽지만, 맞아요. 내 팀원들 한 사람, 한 사람 모두 소중해요. 고맙게도 모두가 내게 마음을 열어줬죠. 강윤의 걱정은 기우예요.]

완강했다. 하기야, 세계 최고의 가수라면 이 정도 고집은 당연할 법도 했다.

이대로 가면 또다시 제자리였다. 강윤은 잠시 말을 멈추고 숨을 돌렸다. 이전 팀장들이 왜 뛰쳐나갔는지 다시 한번 상기하면서 마음을 다졌다.

'오늘 끝을 내야 해.'

이 문제로 더 이상 시간을 끌 수는 없었다.

강윤의 머리가 맹렬히 돌아갈 때, 셰무얼이 말했다.

[걱정해 줘서 고마워요. 강윤의 말은 잘 기억할게요.]

[한 가지만 더 말해도 될까요?]

[네, 좋아요.]

여유를 되찾은 셰무얼에게 강윤은 다시 날 선 말을 내뱉었다.

[한국까지 저를 찾아온 이유가 무엇입니까?]

[왜냐니요? 당연히 최고의 공연을 만들어 달라는 거죠.]

[그렇군요. 그럼 하나만 더 묻겠습니다. 진짜 원하는 건 언제쯤 이야기해 주실 겁니까?]

[진짜로 원하는 것? 혹시 공연장 이야긴가요? 그거야 어디든 상관없다고 말했어요.]

강윤의 눈이 빛났다.

[상파울루에서 진행해도 괜찮겠습니까?]

[강윤, 거기는 좀…….]

셰무얼의 어조가 흐릿해졌다. 핑계를 대며 거절했던 곳을 다시 언급하다니.

[어디든 상관없다고 하셨잖습니까.]

[거긴…… 별로네요. 빅 벤이 어른거리기도 하고.]

[그럼 런던은 어떻습니까?]

빅 벤이 있는 런던을 이야기했지만, 셰무얼은 변함이 없었다.

[런던? 런던 좋죠. 좋은데, 좋은데…….]

[지난 세계 투어를 시작한 곳이 런던이었죠? 알겠습니다. 여기도 빼겠습니다. 그럼 로마는 어떨까요?]

[로마요? 나쁘진 않아요. 잘은 모르겠는데.]

[뉴욕은 어떻습니까?]

[좋아요. 하지만 추울 것 같은데…….]

강윤은 계속 유럽과 미국의 대도시들을 언급했다. 누가 보면 막 던지는 식으로 보일 정도로 많은 도시가 언급됐다.

셰무얼은 미안한 얼굴로 말을 흐리며 '좋은데, 하지만……'을 반복했다. 사람을 지치게 할 법도 했지만, 강윤은 수첩에 'X'를 친 도시들을 적어가며 끝없이 질문을 던졌다.

[뉴욕, 파리, 로마, LA, 베를린. 전부 아니군요.]

[지치네요. 강윤, 그런데 내가 아무 곳이나 이야기해도 다 해줄 자신이 있나요?]

[네.]

[아프리카 이상한 곳이라도? 남극이나 북극이라도?]

셰무얼이 장난스럽게 질문을 던졌다. 당연히 농담이었다. 강윤은 단단한 시선으로 답했다.

[달에서라도 성공시키겠습니다.]

[하하하하하하!!]

셰무얼은 배가 찢어지게 웃었다.

달이라니, 달이라니.

[어떻게요? 달이라고요? 아이고, 배야.]

[우주선을 쏘아 보내든, TV로 시청하게 만들든. 방법은 무궁무진합니다. 가수가 원한다면, 전 무슨 수를 써서라도 만듭니다.]

[하긴. 사람에게 불가능은 없는 거겠죠? 멋지네요. 하하하하.]

[이게 제 진짜 마음입니다. 이젠 셰무얼 차례입니다.]

뚝.

거짓말처럼 웃음이 멈췄다. 셰무얼의 여유로운 미소가 옅어졌다.

[……좋아요, 강윤. 내가 졌어요.]

[…….]

[강윤은 다르네요. 생각했던 것보다 아주 많이.]

셰무얼은 졌다는 얼굴로 고개를 흔들었다.

[지난번에 이야기했던 게 진짜 원하는 게 맞아요. 아주 많은 사람이 들어줬으면 해요.]

[그렇다면 그때 말씀드린 대로 상파울루라면…….]

[거긴 싫어요. 큰 그늘이 없어요.]

처음 듣는 이야기였다.

그늘? 은유적인 상징인가?

강윤의 머리가 맹렬하게 돌기 시작했다.

[이런 이야기까지 하는 사람은 정말 처음이네요. 큰 그림자가 지는 곳에서 시작하고 싶어요. 아주 큰 그늘.]

혹시 징크스인가?

다른 가수들과 공통적으로 엮이는 게 아닌 것 같았다. 아무리 봐도 징크스.

그늘, 그늘과 관련된 징크스.

[그늘이라면, 안식처입니까?]

[여기까지예요. 부끄러우니까.]

셰무얼의 얼굴이 살짝 붉어졌다. 지극히 개인적인 이유가 분명했다. 그것도 매우 중요한.

'빅 벤이라는 말이 자꾸 걸려.'

영국에 대해 매우 긍정적이었다. 이전의 세계 투어 시작 도시들을 생각해 보면 답이 있지 않을까?

'런던, 이전에는 뉴욕이었어. 빅 벤이니까 런던은 잊히지 않는다 했고. 뉴욕에는…… 잠깐?'

뉴욕의 상징? 그늘? 머릿속이 뒤엉켰다. 뭔가가 잡힐 듯, 잡히지 않았다. 정리가 필요했다.

[두 번째 투어는 뉴욕이었죠?]

[맞아요. 그때도 끝내줬었어요.]

[두 번째 투어가 가장 성공적인 투어라고 들었습니다.]

[오, 맞아요. 덕분에 세 번째 투어를 좀 더 수월하게 할 수 있었죠. 그때 고생 많이 했었어요.]

[첫 번째 투어, 그것도 첫 번째 콘서트에서 사고가 있었죠?]

[……맞아요.]

세무얼은 씁쓸한 얼굴로 한숨지었다.

[사고가 있었어요. 그때 난 특별히 제작한 크레인 장치 위에 탔어요. 관객들과 더 다가가고 싶었거든요. 안전장치도 철저히 준비했었어요. 그런데…….]

[그때 추락 사고가 났던 걸로 기억합니다.]

세무얼은 눈을 지긋이 감았다.

[맞아요. 나를 좀 더 가까이에서 보겠다고, 장치에 매달린 팬이 있었어요. 당황해서 손을 잡았죠. 그런데 팔에 힘이 빠졌는지 떨어지고 말았어요. 그것도 관객들 사이로. 아…….]

투어는 사실상 끝이었다. 보상도 보상이었지만, 세무얼은 이후의 콘서트들을 진행할 수 없었다.

[지금도 가끔 그날의 악몽을 꾸어요. 그 사람이 내 손을 잡고 놓지를 않아요.]

[세무얼.]

[노래도, 뭐도 하고 싶지 않았어요. 나 때문에 사람이 죽었는데, 내가 어떻게…… 하지만 노래는 하고 싶었죠. 사람 마음이란 게 참 간사하죠?]

[아닙니다.]

[그런가요? 아무튼 이대로는 안 되겠다 싶어서 이것저것 다 해봤죠. 여자도 미친 듯이 만나봤고, 별의별 것을 다해봤어요. 마약이나 범죄만 빼고. 여행도 많이 다녔죠. 남들의 눈을 피해서요. 그러다가 발견했어요.]

셰무얼은 한쪽 구석에 자리하고 있던 블록 장난감을 가리켰다. 런던의 상징, 빅 벤을 본떠 만든 물건이었다.

[그늘. 거대한 그것이 만들어내는 커다란 어두움!! 난 거기에 빠져들었어요. 그래, 이 어둠이면 날 가려줄 수 있겠다!! 내가 드러나지 않겠다!! 그때부터였군요. 난 저 거대한 것들에 깊이깊이 빠져들었어요.]

[…….]

[커다란 그늘 아래 있으면 무엇을 해도 상관없을 것 같았어요. 그때부터였던 것 같네요. 저것들에 빠져들었던 때가. 뭐…….]

너무 많은 이야기를 했다고 느꼈는지 셰무얼은 머리를 긁적였다.

[너무 멀리 왔네요. 난 왜…… 잊어줘요. 이해할 수 없는 거 다 아니까.]

[아닙니다. 감사합니다. 절 믿고 이야기해 주셔서.]

[……후우.]

깊은 한숨을 쉬는 셰무얼을 보며 강윤도 생각을 정리했다.

'두 번째 시작 장소는 뉴욕. 여기에는 자유의 여신상이 있어. 세 번째는 런던. 빅 벤으로 유명하지. 상파울루에 적극적이지 않았던 이유가……?'

뭔가가 번뜩였다. 강윤은 세무얼의 양팔을 붙잡았다.

[리우데자네이루.]

[리우데…… 네?]

[예수상으로 유명한 브라질 대도시입니다.]

세무얼은 잠시 갸웃하다가 뭔가가 떠올랐는지 손뼉을 쳤다.

[기억나네요. 예수상이 아주 끝내주는 곳이었어요.]

[맞습니다. 삼바 축제로도 유명한 곳입니다.]

[아, 삼바.]

세계 3대 축제 중 하나로 손꼽히는 삼바 축제가 열리는 장소이기도 했다.

지금까지와 달리 세무얼의 눈빛에 생기가 돌았다.

[느낌 있네요. 재미도 있을 것 같고.]

긍정적이었다. 강윤의 입가에 미소가 돌았다.

'그늘. 큰 건축물이 만드는 그림자야. 나 원.'

사실 이해하기 힘들었다. 병적이었다. 그토록 애를 먹이더니, 허무하기까지 했다.

중요한 건 그게 아니었다. 강윤은 쐐기를 박았다.

[예수상이 서 있는 곳입니다. 3대 미항이기도 하죠. 거기에 기간을 잘 맞춘다면 지금까지와는 상상도 하기 힘들 정도로 많은 사람이 콘서트를 보러 올 겁니다.]

[그렇군요.]

마음을 정했는지, 세무얼은 무릎을 쳤다.

[원래 느낌이 올 때 쭉 치고 가는 게 좋아요. 한번 달려봐요.]

[알겠습니다. 자세한 일정이나 장소는 또 말씀드리겠습니다.]

[좋아요.]

은근슬쩍 시간까지 끼워 넣은 강윤은 세무얼과 하이파이브를 했다. 힘들게 노새를 설득하고 리우데자네이루 콘서트를 확정 짓는 순간이었다.

다음 날.

[리우데자네이루?]

'이번 마스터는 언제 갈까?'생각하던 기획팀원들은 강윤이 세무얼을 설득했다는 말을 듣곤 경악했다. 리우데자네이루로 장소가 바뀌긴 했지만 어차피 같은 브라질이었다.

팀원들의 표정에서 생기가 돋아났다.

[마스터, 이제 뭐부터 진행하면 될까요?]

지금까지 조용하던 에디스가 적극적으로 나서자 강윤도 미소로 답했다.

[일단 팀을 둘로 나눠야 합니다. 이곳과 브라질에서 활동한 팀원들. 제가 직접 가야 하지만 전 여기서 전체 팀을 조율해야 하니까 움직일 수가 없을 것 같습니다.]

부팀장 리사가 나섰다.

[제가 가죠. 제이콥, 함께 가는 게 어때요?]

[제가요?]

조용히 있던 제이콥이 눈을 동그랗게 뜨자 리사가 미소를 지었다.

[포루투갈어에 제이콥만큼 능통한 사람이 없잖아요. 부탁해요.]

[그렇다면야…….]

리사의 설득에 제이콥이 넘어갔다. 두 사람과 함께 다른 팀에서 각각 한 사람씩 함께하기로 결정했다. 제이콥이 한숨 지을 때 강윤이 말했다.

[장소로는 가급적 삼보드로무를 섭외하십시오.]

[삼보드로무요?]

[삼바 전용 경기장입니다. 리우데자네이루에서 가장 큰 공연장이기도 합니다.]

[알겠습니다.]

강윤은 남은 두 사람에게 시선을 돌렸다.

[헤라와 에디스는 저와 함께 스폰서 섭외에 나서야 합니다. 글로벌 기업 중심으로 진행해 보죠.]

[네, 마스터. 콜라 회사는 어떨까요? 브라질에 콜라 소비량이 어마어마하잖아요. 영향력 있는 셰무얼의 콘서트니 가능성이 있을 겁니다.]

[좋습니다. 매년 어마어마한 돈을 쏟아붓는 회사들이니 가능성이 클 겁니다. 장소가 정해지면 티켓팅 스케줄도 짜보도록 하죠.]

[네, 마스터.]

기획팀이 활기를 띠며 휙휙 돌아가기 시작했다.

팀원들 모두가 활발히 의견을 주고받는 모습에 강윤은 미소 지었다.

5화

내부의 적

[월드, 폭행은 명백한 잘못. 직원의 잘못은 회사가 책임져야…….]

월드 스튜디오(이하 월드)는 홈페이지를 통해 '어떤 경우에도 폭력 행위는 잘못'이라며 걱정을 끼쳐 팬들에게 사죄한다는 공식 입장을 밝혔다. 또한 자체적으로 12개월 감봉이라는 중징계를 내렸다고 밝혔다. 하지만 명백한 잘못이라도 직원의 행동에는 회사가 책임지는 것이 당연하다며 법적으로 비용이 발생한다면 회사가 감당하겠다고 밝혔다.

이는 지예엔터테인먼트(이하 지예)가 밝힌 공식 입장과 반대되는 입장이다. '개인의 원한에 따른 폭력 행위는 개인이 책임져야 한다'는 것과 대치되는 입장으로 두 회사 간의 갈등이 예상된다.

……(중략)…….

네티즌 사이에서도 의견이 분분하다. 월드가 직원을 끝까지 책임지려는 자세는 좋지만, 폭력까지 책임지는 건 말도 안 된다는 입장

(KuljomSSu)과 내 식구는 내가 때리는 게 당연하다(Kuliannawayu11)는 입장 차이가 뚜렷하게 드러나고 있다.

월드와 지예는 한국을 대표하는 가수 엔터테인먼트로 이전부터 꾸준하게 갈등설이 제기되고 있다. 이번 사태가 갈등을 표면에 드러내는 것이 아닌지 귀추가 주목되고 있다.

"사사건건…… 마음에 안 들어."

핸드폰을 보던 강시명 사장의 얼굴이 진하게 붉어졌다. 조심스레 운전하던 운전기사는 백미러로 사장의 눈치를 살피더니 손을 떨었다.

"강윤이 이놈이 하는 짓거리는 이해가 안 가. 운전대 잡는 것들이야 하루면 구하는데, 남는 것도 없구만."

돈만 주면 구할 수 있는 것들이다. 이런 식의 언론 플레이로 얻는 것도 없다.

–기획사도 포퓰리즘 시대인가요? 폭력까지 회사가 감싸주는 건 좀 아닌 것 같습니다.

–윗분, 이게 포퓰리즘인가요? 애초에 시비는 예랑 쪽에서 걸었잖아요.

–이제 지예입니다. 서로 주먹을 썼다면 당연히 개인이 책임을 져야죠. 월드는 여론을 너무 의식하는 것 아닌가요?

–이번 건 지예가 잘한 듯. 저런 일에는 스스로 책임을 져야지.

–그래도 월드 같은 회사라면 들어가고 싶다. 저렇게까지 보호해주는 데 두려울 게 뭐 있음?

—월드 공무원이라는 말이 이해가 간다. 제 식구 감싸기는 보기 싫지만.

여론도 분분했다. 연예인 이야기 하나 없이 뉴스 상위권에 랭크될 정도였다. 이례적이었다.

불과 얼마 전 강윤은 연습생 A양, 강세미를 빼어가며 패기 넘치는 발언으로 논란을 불러왔다. 거기에 제 직원 감싸기로 새로운 논란을 만들었으니…….

"어디, 먹잇감이나 줘볼까? 어, 곽 부장. 난데."

회사 홍보팀에 전화를 걸어 지시를 내린 후, 강시명 사장은 기지개를 켰다.

작은 균열로 큰 댐이 무너지는 법, 아무리 입지가 큰 회사라도 이런 균열들에 신경 쓰지 않으면 후에 큰일이 불어닥친다.

—지시대로 처리하겠습니다.

"그래그래. 수고하고."

강시명 사장은 전화를 끊었다. 이제 지예는 타깃에서 벗어났고 월드에 대한 논란은 갈수록 커져 가니 생각만 해도 개운해졌다.

일을 말끔하게 처리한 강시명 사장은 메일을 열었다.

「……(중략) 민진서 주변의 경계가 삼엄해졌습니다. 강윤도 최근 보이지 않습니다. 낌새는 보입니다만, 금방 좋은 소식 보내드리겠습니다.」

이런.

중국어를 읽어가던 강시명 사장의 안색이 형편없이 구겨졌다.

"지금이 적기인데. 이것들, 돈만 먹고 튀려는 거 아냐?"

일이 잘되어 가는 것 같다가도, 다른 일이 발목을 잡았다. 하기야, 월드의 메인 간판인데 강윤이 허술하게 관리할 리는 없었다.

"도, 도착했습니다."

식은땀까지 흘리던 운전기사가 도망치듯 뛰어내려 강시명 사장의 차 문을 열었다. 간판 없는 기와집 앞이었다. 그들의 앞에 귀에 무전기를 꽂은 직원이 90도로 고개를 숙였다.

"어서 오십시오. 기다리고 있었습니다."

"가지."

강시명 사장은 거만한 태도로 호위받듯 안내를 받아 안으로 들어섰다. 기와집 내부는 각종 꽃과 나무, 연못 등으로 기와집 안은 화려하게 꾸며져 있었다.

드르륵.

문 앞에 서 있던 한복 여성이 미닫이문을 열었다. 안에 있던 선객이 일어나 손을 내밀었다.

"안녕하십니까."

"아이고, 먼저 오셨군요. 하하하."

표정 없던 강시명 사장의 안면에 미소가 번졌다.

"오래되지 않았습니다."

"이런, 한잔하면서 이야기할까요? 앉으시죠."

곧 푸짐하게 차려진 상이 들어왔다. 고운 자태를 뽐내는 여성들이 두 사람 옆에 앉아 술잔을 채웠다.

두 남자는 양옆의 꽃 같은 여성을 강하게 끌어안았다. 만면에 웃음이 돌았다.

"일본은 이면 계약 때문에 난리도 아니라지요."

"아, 케이낙과 하미쿤 말이군요. 하미쿤 뒤에 야쿠자가 있다는 말이 이전부터 나왔었습니다."

"저런."

일본 연예계 근황을 비롯해 경제, 정치 등 여러 이야기가 오갔다. 한복 여인들은 적절히 웃음을 팔았다. 꺄르르 소리와 함께 남자들의 껄껄대는 소리가 방 안을 점점 메워갔다.

"잠시 나가 있으렴. 허허허."

술병이 제법 비워갈 즈음, 강시명 사장은 여인들에게 손짓했다. 한복 여인들은 헤쳐진 옷매를 빠르게 가다듬고는 방을 나섰다. 한껏 웃음이 흐른 방은 잠잠해졌다.

"……요새 유리와 일을 하신다 들었습니다."

강시명 사장은 손수 상대에게 잔을 채웠다. 맞은편의 남자는 여유롭게 잔을 들었다. 잔 부딪히는 소리가 가볍게 울렸다.

"그렇게 됐습니다. 이번에 하경락 사단이 가세했습니다."

"하경락이면, OTS에서 나온 그 PD인가요?"

"맞습니다. 쉽게 움직일 사람이 아닌데, 부사장이 힘을 쓴 것 같습니다."

"하기야, 하경락 PD라면 흥행은 보증이니까요. 그 사람,

OTS에서 나가고 AHF로 간 이후 뭘 제작할지 궁금했는데. 핫한 정보입니다."

"저도 처음 듣곤 놀랐습니다. 아무리 부사장이 직접 움직였다지만, 하경락 그 사람도 보통 고집이 아니라 거절할 줄 알았거든요."

남자는 살짝 고개를 흔들었다. 지금 생각해도 의외라며 강시명 사장은 계속 물었다.

"생각해 보면 최근 월드도 AHF에만 연예인들을 집중시키고 있으니, 하경락 정도가 나서야 급이 맞긴 하겠죠. 방영은 언제쯤일까요?"

"그건 아직 모르겠습니다. 월드가 데뷔 일정을 말해주지 않았거든요."

"하여간, 그쪽 사람들은."

두 사람은 잔을 들어 부딪쳤다.

짠!

다시금 맑게 잔 울리는 소리가 퍼져 갔다. 강시명 사장은 입꼬리를 슬쩍 들어 올렸다.

"이젠, 민 국장님도 슬슬 올라가실 때도 되지 않으셨습니까?"

"아직 모자랍니다."

"어허."

탕.

강시명 사장은 식탁을 쳤다.

"AHF 초기 멤버 아니십니까. 그동안 얼마나 열심히 뛰셨습니까. 난 사실 이해가 가질 않아요. 왜 민 국장님 같은 분이 아직도 본부장 자리 하나 달지를 못했는지."

"멀었습니다. 뛰어난 사람이 많아요."

겸양을 떠는 말과는 다르게 그의 눈빛은 떨렸다. 시선을 떨어뜨린 그의 손을 덥석 강시명 사장이 붙잡았다.

"이제는 올라가셔야죠."

"……."

"제가 돕겠습니다. 함께하시죠."

잠시 후, 남자는 굳은 얼굴로 고개를 끄덕였고, 강시명 사장의 호탕한 웃음 소리가 방 안을 가득 채워갔다.

셰무얼은 수건으로 땀을 훔쳤다. 아침부터 시작된 연습은 점심시간을 훌쩍 넘길 때까지 계속되고 있었다.

[한 번만 더 해볼까요?]

[……네에.]

표현하지는 않았지만 세션들의 얼굴엔 '제발, 밥이라도……'라고 쓰여 있었다. 셰무얼의 열정 앞에 모두 타버려 문제였지만.

그때, 구세주가 나타났다.

[실례합니다.]

조심스럽게 문을 열고 들어선 강윤이었다. 세션들은 너도나도 손을 잡았다. 강윤이 왔다는 건 중요하게 할 말이 있다는 의미, 곧 휴식이었다.

다시 연습을 시작하려던 셰무얼도 마이크를 내려놓았다.

[잠깐 쉬었다 할까요?]

세션들은 만세를 불렀다. 모두가 햄버거 세트를 향해 달려가는 모습을 보며 셰무얼은 어깨를 으쓱였다.

강윤이 다가오자 셰무얼이 그의 어깨를 잡았다.

[식사는 했나요?]

[아직입니다. 셰무얼에게 할 말만 마치고 먹으려고 했죠.]

[그럼 같이 먹어요.]

두 사람은 햄버거와 콜라를 놓아둔 박스로 향했다. 큰 햄버거를 고른 강윤과 달리 셰무얼은 가장 작은 사이즈를 들었다. 게다가 음료수는 물.

[관리가 필요하면 적당한 메뉴를 알아볼까요?]

[아니에요. 이건 내가 알아서 하게 해줘요. 먹는 것까지 스트레스가 쌓여 버리면 힘들거든요.]

[네, 정 힘들면 말해야 합니다.]

강윤의 신신당부에 셰무얼은 그의 어깨를 두드리는 걸로 답을 대신했다. 이런 꼼꼼한 면이 든든함을 느끼게 했다.

[그래서, 무슨 일이에요?]

[콘서트 장소가 확정됐습니다. 마라까낭 축구 경기장입니다.]

셰무얼의 의문 어린 눈초리에서 강윤은 설명이 필요하다는 걸 강윤은 설명이 필요하다는 걸 느꼈다.

[세계에서 가장 큰 축구 경기장입니다. 최대 15만 명까지 수용할 수 있습니다. 이 정도면 될까요?]

[오오. 고생했어요, 강윤.]

세무얼은 강윤의 어깨를 다시금 두드렸다. 세계 투어에 이미 잔뼈가 굵은 몸, 이런 단기간에 공연장을 섭외하는 게 얼마나 힘든 일인지 잘 알았다.

[세무얼이 원하는 대로, 콘서트 시기는 연말로 잡았습니다. 12월 크리스마스. 24, 25일.]

[크리스마스면…… 축복하네요.]

세무얼은 핸드폰으로 달력을 봤다. 짧은 시간 내에 콘서트 시설 설치, 스폰서 모집, 등등 해내야 할 일이 정말 많았다. 세무얼이 연말을 고집하지 않았다면 일어나지 않았을 일이었다.

[네, 게다가 할 일은 더 늘어났습니다.]

[하하하, 산타 옷 입고 캐럴을 부르면 될까요?]

세무얼이 농담을 던지며 손가락을 흔들었다. 강윤은 진지하게 끄덕였다.

[네, 브라질의 크리스마스는 국가적으로 큰 행사니까요. 콘티부터 장치들까지, 크게 손을 봐야 할 것 같습니다.]

[알았어요. 그건 걱정 안 해도 돼요.]

세무얼은 햄버거를 허겁지겁 먹고 있는 세션들을 그윽하게 훑었다. 세션들은 오싹해졌는지 몸을 떨었다.

이야기를 마친 후, 강윤은 베이스 앰프를 만지작대던 금발 여성에게로 눈을 돌렸다.

[엘레나, 물어보고 싶은 게 있습니다.]

[마스터? 뭔가요?]

베이시스트이자 밴드 마스터, 엘레나였다. 그녀는 악보를 뒤적이던 눈을 강윤에게로 향했다.

[브라질에 어울리는 곡이 필요합니다. 부탁드려도 될까요?]

[구체적으로 말해줘요.]

[보사노바나 삼바 리듬의 곡들이 필요합니다.]

보사노바, 삼바. 모두 브라질에서 파생된 리듬이었다. 강윤의 의도를 바로 이해한 셰무얼도 한마디를 보탰다.

[현지화 때문에 그래요. 좀 있다가 같이 해볼까요?]

[네.]

셰무얼의 말을 듣고, 바로 이해한 엘레나는 악보를 뒤지며 강윤에게 말했다.

['Find me'가 좋겠어요. 편곡이 필요하겠네요. 다들 해보죠.]

[네.]

식사를 마친 후, 엘레나의 지휘하에 세션들은 하나의 음악을 만들어 갔다. 신디사이저는 어울리는 소리를 찾아갔고 퍼커션과 드럼도 재즈와 삼바 리듬을 결합한 음악을 만들어 갔다.

"Needs- I--"

셰무얼의 목소리까지 더해지자 한층 더 세련된 음악으로 변신했다. '이 느낌이야'를 외치며 셰무얼은 모두를 독려했고, 세션들은 손놀림에 힘을 더했다.

'괜찮은…… 건가?'

셰무얼의 반응과 피부에 닿는 통통 튀는 느낌. 검은빛이 가득했지만 괜찮다는 확신이 들었다. 과연 세계 최고의 팀이었다. 순식간에 1절을 끝내 버린 셰무얼은 강윤을 향해 손을 흔들었다.

[삼바로 진작 해볼걸. 강윤?]

[…….]

[강윤.]

눈을 감고 음악의 느낌에 대해 생각하던 강윤은 그제야 눈을 떴다. 셰무얼은 손까지 흔들며 웃고 있었다.

[좋아요, 아주 좋아. 느낌이 확 와요.]

[다행이네요.]

[또 좋은 생각 나면 말해줘요. 강윤, 정말. 최고예요. 하하하.]

셰무얼의 웃음을 뒤로하고 강윤은 연습실을 나섰다. 닫힌 문 사이로 경쾌한 사운드가 들려왔다. 피부에 뭔가가 튕기는 느낌도 조금씩 멀어져 갔다.

'다음 과제가…….'

사무실로 향한 강윤은 수첩에 적힌 스폰서 목록들을 정리했다.

공연장 섭외와 시설에 이미 많은 돈이 들어갔기에 든든한 스폰서 섭외는 무척이나 중요했다. 콘서트란 게 땅 파서 하는 장사가 아니니까.

'베어 콜라나 시맨 콜라. 두 회사 모두 브라질을 중요한 시장으로 여기고 있어.'

강윤은 가장 눈에 띄는 회사, 굴지의 두 콜라 회사의 이름에 붉은 펜으로 동그라미 쳤다.

'전 세계적으로 설탕세다, 비만세다 하면서 콜라에 대한 여론이 악화되고 있어. 선진국에서는 이미 콜라 소비량이 줄어들고 있지. 두 회사 모두에게 브라질은 콜라 소비가 점점 늘어가는 신흥 시장이야. 셰무얼의 영향력을 생각하면 두 회사 모두 적극적으로 나올 거야.'

직원들이 보내온 보고서와 관련 자료들을 정리하고 있는데, 탁자 위에 있던 핸드폰이 요란하게 울어댔다. 익숙한 번호, 이현지였다.

—좋은 일로 연락하고 싶었는데, 힘드네요.

이현지는 차분하게 한국에서 벌어지는 일들을 설명했다. 신입 매니저를 징계한 일과 발표한 일, 반응을 상세하게 이야기해 주었다. 강윤이 인터넷으로 접한 그대로였다.

잠시 서류를 덮은 강윤은 펜을 돌렸다.

"당장 사람들에게 회사의 입장을 이해하라는 건 무리일 겁니다."

—알고 있어요. 하지만 이번 일은 조금 달리 봐야 하지 않을까요?

"달리 본다?"

—우린 사업을 하는 거지, 봉사를 하는 건 아니잖아요. 여론도 그 점을 꼬집고 있어요.

강윤의 결정에 토를 달지 않는 이현지였지만 이번 문제는 납득하기 힘들었다. 상황이 급박하게 돌아간 탓에 토를 달지 않다가 일이 마무리된 지금에야 설명을 요구했다.

"사람들 말도 맞습니다. 주먹을 휘두른 건 명백히 잘못입니다. 징계로 끝날 문제가 아니다. 상식적이죠."

—회장님, 이렇게까지 감싸야 할 이유가 있었을까요? 은하씨한테까지 불똥이 튈 수도 있었어요. 이번 일은 좀 더 단호하게 나가는 게 좋았을 거라고 생각해요.

펜을 돌리던 강윤의 손이 멈췄다. 한 템포 쉰 강윤은 펜을 내려놓고는 전화기를 반대편으로 잡았다.

"매사마골(買死馬骨)이라는 말을 아십니까?"

—죽은 말의 뼈를 산다? 혹시 다른 말인가요?

"그 뜻입니다."

—이 상황과 그 말이 관계가 있나요?

"말을 구하기 위해서 죽은 말의 뼈를 산다는 뜻입니다."

—어렵네요.

"뼈도 사는데, 살아 있는 말은 어떻게 하겠습니까? 당연히 사지 않겠습니까? 더 비싸게 사면 사겠죠."

—그러니까, 김성민 매니저가 죽은 말이다?

"네, 어떤 일이 있어도 월드는 끝까지 함께한다. 이걸 보여주고 싶었습니다."

회귀하기 전, 돈 때문에 떠나가고, 떠나보내야 했던 직원들과 소속 연예인들. 그들을 보며 몇 번이나 다짐했던 결심들이 묻어 나왔다. 결의였다.

이현지는 잠시 머뭇대다 말했다.

—그걸 이용하는 사람들도 나타날 거예요. 뒤치다꺼리만 할 수도 있어요.

"그땐 이사님이 있잖습니까. 그런 사람들은 알아서 걸러

주실 거라고 믿습니다."

-회장님, 농담하는 거 아니에요. 심각한 사안이에요.

"연예인은 화려하지만 다른 사람들은 3D라고까지 불립니다. 최소한 3D라고는 불리지 말아야죠. 연예인뿐만 아니라 직원들도 일하기 좋은 회사. 전 월드가 그런 회사가 되었으면 좋겠습니다. 이번 일은 그걸 모두에게 보여주는 예라고 생각합니다."

강윤에게서 부드럽지만, 강인한 뭔가가 느껴졌다.

그녀는 느꼈다. 이건 당할 수 없다고.

-……알았어요. 대신, 이건 아니다 싶으면 당장 그만두는 걸로.

"감사합니다. 이사님이 없었으면 절대 하지 못했을 겁니다."

-말은 참. 아무튼 당분간 좋은 소리는 듣지 못할 거예요. 그건 어쩔 수 없어요. 가수들에게 불똥 튀는 건 막아볼게요.

그 외에도 이현지는 AHF와의 프로젝트 진행 상황을 이야기했다. 걸그룹 방송 프로젝트는 곧 촬영에 들어갈 것이라고 했고, 인문희의 경우도 조만간 제작 회의에 들어간다고 했다.

제법 긴 통화였지만 강윤은 필기까지 하며 집중력을 잃지 않았다.

"……알겠습니다. 더 하실 말씀은 없습니까?"

-하나가 남았네요. 미래산업 박람회요.

"아, 2주 후였나요?"

-그때 넘어갈 거예요. 중국에 갔다가 에디오스 멤버들하고 함께 넘어갈게요. 그때 뵙죠.

긴 통화가 끝난 후, 담배 생각에 강윤은 옥상으로 향했다.

강윤의 말대로 셰무얼은 콘티에 있는 곡들 중 여러 개를 보사노바와 삼바로 편곡했다. 캐럴까지 추가했다. 콘서트 시기는 크리스마스. 축제를 노린 구성이었다.

할 일은 많아졌지만 내용은 풍성해졌다. 셰무얼을 비롯한 모두의 얼굴엔 생기가 가득했다.

연습실 옆, 대기실은 왁자지껄했다.

[으, 쪼여. 이거 벗겨지면 볼만하겠는데?]

춤으로 잔뼈가 굵은 댄서, 레아는 가슴 끈을 들척였다. 절반은 드러나 버린 흉부와 아슬아슬하게 가릴 곳만 가린 하의까지. 브라질 카니발 의상을 입은 댄서들은 서로를 보며 웃음을 터뜨렸다. 웃지 못하는 이도 있었다.

"……복 받은 것들."

같은 옷을 입은 주아는 다른 의미로 불퉁했다. 레아를 비롯한 다른 댄서들과 달리, 그녀의 흉부는 이 천 쪼가리로 온전히 가려졌다. 짜증 났다. 복 받은 것들, 말라 비틀어진 이는 자신뿐이었다.

[아우, 귀여워!!]

[왜, 왜, 왜 이래?!]

[꺄. 앙탈은?]

어른 옷을 훔쳐 입은 아이 같다며 댄서들은 주아를 껴안고 난리가 났다. 가만히 있을 주아가 아니었지만 귀여움에 눈이 먼 댄서들에겐 소용없었다.

똑똑.

문 두드리는 소리가 들려왔다. 준비된 댄서들이 들어오라고 답하자 문이 열렸다. 강윤이었다. 삽시간에 대기실은 조용해졌다.

[카니발 느낌이 나네요. 좋아요.]

모두를 훑어보며 강윤은 만족했다. 음흉한 눈빛은 당연히 아니었다.

브라질 특유의 문화, 카니발의 느낌이 제대로 풍겼다.

현지화.

그 나라의 느낌을 제대로 풍기면 공감대를 얻을 수 있다. 모두 함께 즐기는 콘서트를 위한 작업이었다.

[좀 더 크게? 잠깐만.]

뒤이어 들어온 소품팀장은 댄서들의 의상을 직접 체크했다. 한 명, 한 명 직접 재고 체크한 덕에 제법 시간이 걸렸다.

강윤은 과정을 지켜보며 댄서들의 의견을 경청했다. 댄서들은 까다로웠다. 몸의 선이 있는 대로 드러나기에 더더욱 그랬다. 오랜 시간이 걸렸다.

[……오케이. 더 필요한 게 있으면 개인적으로 와요들.]

소품팀장이 체크를 마쳤다. 머릿속에 동선을 그려보던 강윤도 함께 대기실을 나섰다. 복도를 거닐며 강윤이 말했다.

[다들 요구 사항이 많군요.]

[댄서들도 여자예요. 라인이 다 드러나는데, 예민해질 수밖에 없

어요. 마스터가 나빴어요.]

[이런, 그런 겁니까?]

소품팀장은 큰 손으로 강윤의 등을 가볍게 쳤다. 장난이었다. 강윤은 멋쩍게 웃었다. 결국 다이어트 욕구에 불을 지핀 꼴이었다. 남들의 시선을 의식하지 않는 서양이라 다를 줄 알았는데, 꼭 그렇진 않은 모양이었다.

소품팀장과 헤어진 후, 강윤은 사무실로 돌아와 짐을 챙겼다. 서류뿐만이 아니었다. 외투를 걸쳤고, 캐리어까지 챙겼다. 먼 곳으로 외출을 할 복장이었다.

[3일 동안 못 보겠네요. 잘 다녀와요.]

나가기 전, 셰무얼에게 찾아가자 그는 아쉬운 기색을 역력하게 드러냈다.

[좋은 소식 들고 오겠습니다.]

[괜찮으니까, 조심해서 다녀와요.]

연습실을 뒤로하고, 강윤은 바로 공항으로 향했다. 목적지는 시맨 콜라의 본사가 있는 뉴욕이었다.

'문 비서가 없으니 불편하네.'

직접 캐리어를 끌려니 문 비서가 생각났다. 없다가 있으면 몰라도, 없다가 없으면 불편한 법이다. 서툴렀지만 최선을 다하는 그녀였다. 이현지를 도우라고 보낸 게 아쉬워졌다.

"진서야."

―……우, 선생님.

잠시 대기하는 시간, 강윤은 민진서에게 전화를 걸었다. 막 잠에서 깼는지 목소리가 나긋나긋했다. 아차 싶었다. 베이징과 LA의 15시간 시차를 생각 못 했다.

"내일도 스케줄이잖아. 빨리 자."

–괜찮은데…….

"어허."

아쉽고, 아쉬워했지만 통화를 서둘러 마무리했다.

LA에서 뉴욕까지는 미국의 끝과 끝을 여행하는 긴 거리였다. 셰무얼의 배려 덕에 퍼스트 클래스에 올랐다. 노트북을 켜고, 미모의 승무원에게 서비스를 받으며 강윤은 편안하게 뉴욕으로 향했다.

뉴욕에 도착하니 새벽이었다. 강윤은 숙소에 짐을 풀고 잠깐 눈을 붙였다.

날이 밝자마자 강윤은 바로 시맨 콜라로 향했다. 사전에 약속이 되어 있었기에 본부장 프레이를 바로 만날 수 있었다. 프레이는 키가 2미터에 육박하는 거대한 남자였다. 거기에 경계심 어린 눈빛에 묵직한 저음. 위압적이었다.

[보내주신 기획안, 잘 봤습니다. 브라질 콘서트라. 흥미로웠습니다.]

호의적이지 않았다. 사무실 안에 냉기가 흘렀다. 강윤은 조심스러워졌다.

[브라질이 세계에서 세 번째로 큰 음료 시장이라고 들었습니다. 시맨 콜라는 이를 위해 공격적인 마케팅을 펼치고 있다고 들었습니다. 이번 콘서트를 통해…….]

[아, 무슨 말을 할지 잘 알고 있습니다. 셰무얼은 누구나 인정하는 최고의 가수죠.]

프레이는 강윤의 말을 잘랐다.

[그런데 과연 브라질에서도 통할까요?]

[통합니다. 브라질의 셰무얼 인지도를 분석한 결과도 함께 보내드렸습니다. 브라질 사람들이 갖는 셰무얼에 대한 생각과 앨범 판매량을 바탕으로 결론을 내렸습니다. 장담할 수 있습니다.]

[장담과 성공, 확신. 뭔가를 팔려고 온 사람들은 꼭 말하지요.]

프레이 본부장의 입에 거부감이 걸렸다.

[브라질의 음료 시장, 크죠. 하지만 음반 시장은 작습니다. 인구가 많다고 음반 시장이 큰 건 아니니까요. 왜 다른 가수들은 브라질에서 콘서트를 하지 않았을까요?]

[최근에는 추세가 달라지고 있습니다. 근 3년 동안, 많은 가수가 브라질로 넘어가고 있습니다. 브라질 경제가 점점 활성화되고, 그에 따라 문화적인 욕구도 높아지고 있습니다.]

[후.]

그의 입에 비웃음이 걸렸다.

[다른 것보다 난 셰무얼의 안목이 불안합니다. 이강윤 씨라고 했지요? 왜 굳이 동양인을 공연의 총 책임자로 쓰는지 알 수 없어요. 다른 무엇보다 그게 가장 불안합니다.]

모욕적이었다. 결국, 동양인이라는 이유로 거절하겠다는 이유였다. 처음부터 안중에 없었다는 듯.

탁자 밑 강윤의 손에 힘이 들어갔지만 나온 말은 부드러웠다.

[전 가수들을 아티스트라고 생각합니다. 예술을 위해 어디든 갈 수 있는 뜨거운 사람들입니다. 콘서트를 위해서라면 셰무얼은 한국

이 아니라 남극이라도 갈 사람입니다. 안목이 없다? 삼류 조크 같은 말입니다. 지금 그 말은 취소하십시오.]

[삼류 조크?]

셰무얼을 모욕하는 말에 강윤은 차갑게 분노했다. 이럴 때 화를 내지 않는다면 마스터로서 자격이 없었다.

프레이 본부장은 자리에서 벌떡 일어나 노발대발했고, 강윤은 눈매를 좁히며 셰무얼에 대한 사과를 요구했다.

과정이 어땠든 실패였다.

'핑계를 만들어 거절을 하려고 했어.'

시맨 콜라는 어떻게든 핑계를 찾고 있었다. 셰무얼이 모욕적인 취급을 받으며 후원을 받아야 할 이유 따위 없었다. 강윤도 미련을 접었다.

'베어 콜라는 어떻게 나올까?'

라이벌 관계인 두 회사였지만 어느 정도의 정보는 공유하고 있을 것이다.

자신을 섭외함으로써 셰무얼의 안목이 떨어졌다고 인식하고 있다니. 속에서 불이 났다.

강윤은 애틀란타로 향했다. 비행기 안에서도, 애틀란타 공항에서 베어 콜라 본사로 향하면서도 강윤은 계속 자료들을 준비했다. 꼭 후원사로 만들어야 했다.

베어 콜라의 본부장, 제임스는 부드러운 인상을 하고 있었다. 프레이 본부장과는 극을 이루는 인상이었다. 자신의 사무실에서 강윤을 맞은 그는 부드럽게 말했다.

[보내주신 기획안, 잘 봤어요. 내부에서도 진지하게 의견을 나눴

지요. 격렬하게 고민했고, 또 고민했습니다.]

[만반의 준비를 갖춰놓고 있습니다. 홍보 효과도 확실히 보증할 수 있습니다. 함께하신다면…….]

[바쁘신 분일 테니 결론부터 말씀드릴게요. 유감이네요. 함께하지 못하게 돼서.]

강윤의 머리에 벼락이 쳤다. 책상 아래에 내린 손으로 주먹을 쥐었다 펴고는 침착하게 물었다.

[이유를, 물어도 괜찮겠습니까?]

[이사회에서 내린 결정이에요. 나 혼자 내릴 사안이 아닐 것 같아서 의견을 물었죠. 결과가 그렇게 나왔어요.]

그래도 시맨 콜라와 달리 이사회 안건으로 상정되었다니, 신중하게 검토해 주었다. 이전과 다르게 문전박대는 아닌 셈이었다. 거절이었지만.

[……알겠습니다. 힘써주셔서 감사합니다.]

[다음에 좋은 인연으로 만나죠.]

강윤은 정중하게 인사하고는 회사를 나섰다. 부지런히 움직였지만, 결국 둘 다 거절이었다. 맥이 풀려 버렸다. 없는 시간 중 3일을 투자했지만 성과가 하나도 없었다.

강윤은 힘없이 회사로 돌아왔다.

[괜찮아요. 원래 기업 운영하는 사람들은 정확한 척하면서도 비뚤어져 있어요.]

[셰무얼.]

[적자가 나도 괜찮아요. 오히려 기대되는걸요? 새로운 곳에서 어

떤 무대를 열게 될지. 돈은 나중에 또 벌면 돼요.]

아무 성과 없이 돌아왔지만 셰무얼의 기대 어린 시선은 변하지 않았다. 사실, 이번 브라질 콘서트야 셰무얼의 돈만 있어도 충분했다. 장기적인 투어에는 문제가 생길 수 있지만.

셰무얼과 이야기를 나눈 후, 강윤은 연습실을 돌았다. 평상시와 다름없는 일정이었다. 세션들을 만나고, 댄서팀을 만나 이야기를 나누었다. 이어 각 파트의 감독들과 미팅을 가졌다.

[……이상입니다. 혹시 필요한 것 있나요?]

강윤의 물음에 감독들은 손을 저었다. 미팅이 끝나는 순간이었다. 강윤이 서류를 챙기는데, 음향 감독이 탁자에 걸터앉으며 맞은편의 조명 감독에게 말했다.

[그때 걔 말이야. 아직도 있어?]

[누구?]

[그때, 새로 들어온 여자 있잖아. 라파, 뭐였지? 아, 있잖아. 브라질에서 왔다는 애.]

[아, 라파엘라? 왜? 관심 있어? 예쁘장하던데?]

[관심은 무슨. 그 어깨로 조명 지고 나르는 게 신기해서 그렇지.]

두 감독은 낄낄댔다. 남자들이 모이면 여자 이야기가 나오는 법. 그때, 불청객이 끼어들었다.

[잠시만요.]

[마스터?]

[브라질에서 온 사람이 있습니까?]

조명 감독은 그윽한 미소를 지었다. 음향 감독은 선수를 놓쳤다며 투덜댔다.

[브라질에서 온 유학생이라네요. 알바해 보겠다고 자원했지요. 왜요? 마스터도 관심이 가나요?]

[지금 연습실에 있습니까?]

[네, 지금 빔 설치 중일 겁니다. 오호, 마스터는 남미 취향이군요?]

감독들의 짓궂은 장난에 강윤은 고개를 흔들었다. 남자는 별수 없다며 낄낄대는 소리를 뒤로하고 강윤은 연습실로 향했다.

과연, 연습실에는 빔 라이트를 어깨에 지고 옮기는 여자가 있었다. 구릿빛 피부에 금발, 긴 다리까지. 전형적인 남미의 미인이었다. 강윤은 그녀에게 말을 걸었다.

[잠깐 이야기 좀 할 수 있을까요?]

일에 한창이던 여자는 순간 움찔했다. 이내 강윤을 알아보곤 이마의 땀을 훔쳤다.

[마스터시죠?]

[맞아요.]

곧 여자는 경계를 풀었다. 두 사람은 무대 앞에 아무렇게나 앉았다.

여자의 이름은 라파엘라였다. 브라질에서 유학 온 지 막 3개월이 되었다고 했다. 댄서팀에 지인이 있어 아르바이트를 하게 되었다고 했다.

강윤이 브라질에 대해 여러 가지를 묻자 그녀는 흥을 돋우며 답했다.

[……리우에서 하는 카니발은 별로예요. 대세는 살바도르

(Salvador)죠.]

[살바도르?]

강윤이 되묻자 라파엘라의 톤이 한층 높아졌다.

[리우는……!! 으으. 전시장이에요. 정부하고 상인들이 카니발을 이용해 먹는 전시장!! 원래 카니발이란 게 여행자들하고 주민들이 하나가 되는 게 목적이잖아요?]

[그렇죠.]

[그래서 살바도르예요. 리우는 겉만 화려하지 내실이 없어요. 그래서 아는 사람들은 다 살바도르로 몰려가요.]

라파엘라의 말을 들은 강윤은 내심 안도의 한숨을 내쉬었다. 리우 카니발과 연계해서 콘서트를 진행해 보는 건 어떨까라는 생각도 했었다. 젊은이들에게 리우 카니발이 이런 식으로 인식되고 있었다면 역효과가 날 수도 있었다. 시기를 잘 잡았다.

[고마워요. 현지인에게 듣는 정보는 다르네요.]

[에이, 이 정도야 브라질 사람이면 누구나 알 거예요. 아, 관광객들은 모르겠네. 사람들이 약아서 절대 말 안 하거든요. 사실 우리 엄마, 아빠도 리우 카니발에서 한몫 단단히 챙기거든요. 아, 괜히 말했나.]

라파엘라는 활발했다. 혼자 좋았다가 나빴다가. 강윤은 즐거웠다. 그녀도 강윤이 자신의 이야기에 귀를 기울이는 게 좋았는지 음료수를 건넸다. 미국에서도 본 적 없는 음료수였다.

[특이한 맛이네요. 박X스 맛 같기도 하고.]

[박X스?]

[아, 한국에서 파는 음료수예요. 이건 브라질 음료수인가요?]

강윤이 호기심을 보이자 라파엘라는 신이 나서 말했다.

[과라나라는 거예요. 어때요? 괜찮죠?]

[과라나?]

친숙하기도, 특이하기도 했다. 자양강장제 맛이 느껴지는 음료수였다. 일을 많이 하기에 자양강장제를 달고 사는 강윤이기에 호기심이 당겼다.

[괜찮네요. 이건 어디서 파나요?]

[불행히도, 미국에는 없더라고요. 브라질에선 콜라보다 많이 팔리는데…… 필요하시면 조금 드릴까요?]

[아니에요. 배려 고마워요.]

대화가 끝났다. 강윤은 자리에서 일어났다. 라파엘라도 일을 해야 한다며 다시 무대로 돌아갔다. 그때, 강윤의 머릿속에 한 가지 생각이 스쳐 갔다.

'잠깐만. 콜라보다 많이 팔린다고? 그래, 잊고 있었어!!'

강윤은 캔과 라파엘라를 번갈아 바라보았다. 시맨 콜라나 베어 콜라는 브라질 시장에서 공격적인 마케팅을 펼치고 있었다.

두 회사 모두 점유율이 높지 않았다. 브라질의 국민 음료수, 과라나(Guarana). 가장 높은 점유율을 차지하는 이것 때문이었다.

타다닥. 강윤은 바로 연습실을 뛰어 나섰다.

[어? 강윤.]

연습을 위해 마침 들어서는 셰무얼이 강윤에게 손을 흔들었다.

[셰무얼, 잠시 다녀오겠습니다.]

[다녀와요.]

[조금 시간이 걸릴지도 모르겠습니다.]

[괜찮아요. 편하게 다녀와요. 어디에 가나요?]

셰무얼은 쿨했다. 그리고 한편으론 궁금했다.

[리우에 다녀오겠습니다.]

[리우요?]

셰무얼이 멈칫했다. 미국 동부와 서부를 왕복하더니, 이번에는 북미와 남미를 왕복하겠단다.

[다, 다녀와요.]

인사할 새도 없이 강윤은 연습실을 나섰다. 셰무얼의 이마에 어색한 땀이 흘렀다.

하경락 PD. 지각은 기본이요, 하극상은 필수요, 갈구기는 당연한 방송계의 망나니였다.

누구도 그와 가까이하지 않았다. 가까이하거나 친해지고 싶은 위인은 당연히 아니었다.

성공 가능성?

1g도 보이지 않았다.

방송계에 망조가 낀 걸까?

이런 인간이 살아남았다. 크게 성공했다. 첫 프로그램에 흥행했을 땐 모두 우연인 줄 알았다.

그런데 두 개, 세 개…… 성공에 성공을 거듭하더니 이젠, 실패하는 게 이상해졌다.

여기저기서 그를 찾기 시작했다. 그렇게 초일류 PD가 탄생했다. 사단까지 꾸려졌다. 하경락 사단, 아니, 망나니 사단의 탄생이었다.

"이 방식은 진부하지 않습니까?"

하경락 PD는 서류를 내려놓았다. 다른 이가 보면 훌륭한 기획안이었다. 자신이 보면 평범하기 이를 데 없는 기획안이었지만. 이런 걸로 프로그램을 만든다? 자존심이 용납 못했다.

앞에 앉은 이, 기획안을 제출한 월드 측의 이현지가 물었다.

"구체적으로 어느 부분이죠?"

"전부."

이현지의 이마에 힘줄이 솟았다. 전부? 지난번 미팅에서도, 이번 미팅에서도 반복이다. 이런 식으론 발전이 없었다.

"저번에도 그렇고, 이번에도 똑같은 말만 반복하시네요. PD님이 원하는 걸 말해줘야 우리도 준비를 하지 않을까요?"

"전부라고 말했습니다, 전. 부."

"기획안을 다 갈아엎어라? 아예 앨범도 만들지 말아라?"

이건 뭔 소리인지. 하기 싫다는 말인가.

이현지는 올라오는 걸 눌렀다.

"그렇게는 말 안 했습니다."

"유리 한국 데뷔 과정 예능멘터리. 촬영 기간이나 필요한 장비, 투자 비용, 스폰서 등은 AHF 측에 맡기고. 우리 월드에서는 앨범 제작, 다른 가수 출연과 시스템 공개. 어떻게 엎을까요? 이걸 엎어버리면 내용이 달라지는데?"

"자연스럽지 않습니다. 너무 만들어졌어요."

"그렇게 뜬구름 잡는 말 말고, 구체적인 표현. 구체적으로. 어디가 문제인가요?"

두 사람은 계속 평행선을 달렸다. 이현지는 속이 터졌다. 예술 한답시고 있어 보이는 말만 하는 사람하고의 상성은 극악이었다. 가수들과 대화하는 게 쉽지 않은 이유도 여기 있었다.

"……나중에 이야기하죠."

"그러죠."

오늘도 결론 없이 끝나 버렸다. 이현지는 자리에서 일어났다. 홀로 남은 하경락 PD도 유유히 일어나 방송국으로 돌아왔다. AHF에서 마련해 준 혼자만의 사무실이었다.

"사무실 깡통들은 이해시키기 힘들지."

하경락 PD는 천장을 바라보았다. 이현지 이사. 여성들의 롤모델로까지 불린다는 엘리트. 자신과는 안 맞는 듯했다.

"이강윤, 그 사람은 좀 다르려나?"

삑.

그는 전화벨을 눌렀다. 10초도 지나지 않아 여자 AD가 헐레벌떡 달려왔다.

"부, 부르셨습니까, 선배님."

"어, 못난아. 비행기 표 좀 끊자. LA. 제일 빠른 시간."

"LA 말씀이십니까?"

"그래. 저번에도 말했지만, 같은 말 두 번 하지 말고. 없어 보인다고 했지?"

"죄, 죄송합니다."

여자 AD는 주눅 든 사죄를 했다. 돌아선 그녀는 뭔가 생각났는지 다시 시선을 돌렸다.

"선배님, 민 국장님이 찾으시지 말입니다."

"그 인간은 왜…… 직접 오라 그래라."

"선배님, 그래도……."

"……알아서 할 테니까 나가봐."

걱정하는 후배를 무시하고, 하경락 PD는 책상 위의 기획안을 펼쳤다. 월드에서 보낸 유리의 데뷔 방송 기획안이었다. 빨간펜으로 이리저리 체크가 되어 있었다. 작가 주민경의 작품이었다.

"우리 주 씨가 손을 대놓으니 보기가 조금 낫군. 여전히, 난국이네. 월드 이름 하나 믿고 가기엔……."

홀로 주절대며 기획안을 보고 있는데, 노크 소리가 들려왔다. 그의 이마에 삼거리가 찍혔다.

"뭐야, 일할 때 들어오지 말라……."

"들어가도 되나?"

묵묵한 목소리, 민경세 국장이었다.

하필이면.

하경락 PD는 잠시 눈을 감았다.

"방해했나?"

미안한 기색 없는 국장에게 부하도 가차 없었다.

"네."

"솔직하긴."

그를 잘 아는 민경세 국장에게 기분 나쁜 기색은 없었다. 두 사람은 사무실을 나서 복도 끝의 휴게실로 향했다. 자판기 커피를 뽑고, 서로의 담배에 불을 붙였다. 민경세 국장이 말했다.

"오늘 이현지 이사 만났다며?"

"네, 조금 기대했는데, 사무직 사람들이 막힌 건 어쩔 수 없데요."

"그래? 이현지 그 사람이 그렇게 막힌 사람은 아니라던데."

"아무튼, 별로였어요. 부사장님께 떠밀려서 잡기는 했는데. 피곤합니다."

"정 안 되겠으면 말해. 부사장님 바짓가랑이라도 잡고 늘어져 볼 테니까."

"아이고, 국장님이요?"

하경락 PD가 비웃었다. 민경세 국장은 여전히 사람 좋은 미소로 답했다.

"바지만 잡을 거야, 바지만."

"기대도 안 했습니다. 부사장님 고집을 누가 당합니까. 이강윤은 조금 다를까요?"

"이강윤? 그 사람 미국에 있잖아. 잠깐, 거기 가게?"

민경세 국장의 눈이 빛났다. 저 괴짜라면 충분히 그러고도 남았다. 하경락 PD에게서 편안한 연기가 뿜어졌다.

"업계에 소문이 자자하잖아요. 얼마나 괜찮은 사람이기에 소문이 그렇게 났는지…… 보고, 결정할 생각입니다."

"아니면? 부사장님 고집까지 꺾어보려고? 어이고, 전쟁 나겠네."

"아주 그냥!! 아작을 내버릴 겁니다. 팍!! 팍팍!!"

하경락 PD는 손날을 휘둘렀다. 민경세 국장은 사람 좋은 미소로 그의 어깨를 두드렸다.

"살살해, 살살. 필요한 거 있으면 말하고."

"예이."

담배를 다 태운 민경세 국장은 먼저 휴게실을 나섰다.

'둘이 상성은 극과 극이지. 이강윤만큼 예의를 중시하는 사람도 없을 테니까.'

복도를 걷는 그의 입꼬리가 찢어질 듯 걸렸다. 상성이 너무 극악이다. 이강윤이라면 필히 거절할 그럴 사람.

급히 비행기표를 구한 강윤은 리우데자네이루로 날아갔다.

먼저 도착해 있던 부팀장 리사와 제이콥을 만난 강윤은 쉴 틈도 없이 과라나를 만드는 음료 업체, '과라나지'에 대한 정보수집에 돌입했다.

[……과라나지가 커진 건, 대표 파울로가 취임한 이후예요. 그가

취임한 7년 동안 과라나지는 몇 배나 되는 성장을 했어요.]

리사가 말했다. 제이콥도 자신이 수집한 정보들을 이야기했다.

[최근 브라질에 경제 발전 붐이 일고 있잖습니까. 과라나지는 이 시기를 잘 이용했습니다. 커피보다 강하다는 슬로건을 내걸고 적극 홍보에 나섰고, 이는 경제 상황에 맞물렸죠. 회사는 몇 배나 성장했습니다. 대표 파울로의 머릿속에서 나온 아이디어라고 합니다.]

[파울로 대표의 인적 사항은 어떻게 되나요?]

강윤이 묻자 리사가 답했다.

[나이는 57세, 사별한 부인 사이에서 낳은 15살 된 딸 하나가 있습니다.]

강윤은 리사와 제이콥에게 받은 정보들을 체크했다.

[사별이라. 애틋하겠군요. 정리를 해보면, 과라나지는 글로벌 기업들이 들어오기 전까지 기반을 탄탄히 쌓았다. 베어 콜라와 시맨 콜라와 점유율 경쟁을 하면서도 1위를 수성 중이다. 이 정도군요.]

제이콥이 의견을 보탰다.

[현재는 1위지만 앞으로는 어떻게 될지 아무도 모릅니다. 베어 콜라나 시맨 콜라가 자금력을 앞세워 공격적으로 나서고 있으니까요. 게다가 최근 안 좋은 일도 겹쳤습니다. 패스트푸드점이 폭발적으로 늘어나고 있는데, 두 회사의 압박에 과라나가 입점을 못 했습니다. 명백한 실패죠.]

[불안한 1위라는 말이군요. 알겠습니다.]

강윤의 칭찬에 제이콥은 어깨가 으쓱해졌다. 포루투갈어뿐만 아니라, 정보 수집에서도 두각을 드러냈다. 추격은 쉽지만 수성은 어렵다. 1위란 그런 자리였다. 정보들을 정리한 강윤은 서류를 내려놓았다.

[약속을 잡아보죠.]

[네.]

세 사람은 의욕적으로 나섰다. 의욕만큼 일이 계획대로 되면 좋겠지만, 모든 일이 계획대로 되라는 법은 없었다.

[죄송합니다. 대표님의 최근 두 달 스케줄이 가득 차서, 그 이후라도 괜찮으실까요?]

셰무얼의 콘서트 관계자라고 어필을 했지만, 이미 예정된 일정을 취소하는 건 사정상 어렵다고 했다. 두 달 뒤는 너무 늦는다. 콘서트 시작하고 만나봐야 의미 없다. 강윤은 쓴웃음을 삼켰다.

[대표님께 나중에 연락드리겠다고 전해주십시오.]

[알겠습니다.]

강윤은 다시 직원들과 머리를 맞댔다. 어떻게 해서든, 대표와 만나야 했다.

[파울로 대표 개인에 대해 더 아는 건 없습니까?]

강윤이 묻자 제이콥이 말했다.

[파울로 대표는 지독한 일 중독자로 알려져 있습니다.]

[사생활은 어떻습니까?]

[깨끗합니다. 눈에 띄는 건 딸에 대한 것뿐입니다.]

[딸?]

강윤이 되묻자 제이콥은 사진을 꺼냈다. 중년 남성이 사춘기 소녀의 손을 잡고 길을 걷는 사진이었다.

[그가 절대 빼놓지 않는 게 있습니다. 15살 된 딸이 있는데, 함께 미사를 드리는 겁니다. 사별한 부인에게서 얻은 딸이라 애지중지한다고 들었습니다]

[미사? 그곳이 어디입니까?]

강윤이 당장에라도 찾아갈 기세를 보였다. 제이콥은 손까지 들며 만류했다.

[마스터, 안 됩니다. 파울로는 온화한 사람이지만, 딸과의 시간을 방해하면 다된 계약도 엎어버리는 사람입니다. 그렇게 엎어진 계약이 여럿 된다고 들었습니다.]

[그렇다고 두 달이나 기다릴 수는 없습니다.]

[차라리 다른 곳을 알아보는 건 어떻습니까?]

리사까지 강윤을 말렸다. 굳이 음료 업체를 고집할 이유는 없었다. 이미 기술로 세무얼을 후원하는 수많은 IT 기업이 있었다. 세무얼도, 소속사도 자본은 충분하다. 후원에 목숨을 걸 이유는 없었다.

리사의 말에 강윤은 고개를 저었다. 콘서트가 1번이면 괜찮았지만 투어라면 꼭 후원이 필요했다. 투어는 장기전이다. 투어를 돌 수는 있어도 한계에 부딪힐 거다. 그렇게 되면 공연의 질이 떨어진다. 자신의 역할은 브라질까지지만 그렇게 만들고 싶지 않았다.

그녀를 설득한 후, 강윤은 다시 제이콥에게 말했다.

[딸에 대한 정보가 더 필요합니다.]

[……마스터.]

[부딪쳐 보죠.]

두 사람은 결국 강윤의 고집에 무너졌다.

이후 리사는 파울로의 딸이 독특한 취미를 가지고 있다는 것, 동양 문화에 심취해 있다는 사실을 알아냈다. 제이콥은 사춘기가 한창인 딸 때문에 파울로가 전전긍긍하고 있다는 정보를 알아왔다. 모두 쓸 만한 정보들이었다.

숙소에서 세 사람은 다시 모였다.

[고생했습니다. 이 정도면 충분합니다.]

[다시 생각해 보시는 게 어떤가요?]

리사가 다시 만류했지만 강윤은 밀어붙였다. 꼭 필요한 일이었다.

그 외에도 강윤은 중간중간, 공연장 관계자들 미팅을 가졌다. 거대한 마라까낭 축구 경기장은 경기장의 절반 이상은 채워 버린 무대가 만들어지고 있었다.

[미국에서 일을 빠르게 처리해 준 덕에 빠르게 시작하게 됐습죠.]

관계자들은 신을 내며 강윤에게 말했다. 강윤은 칭찬하면서도 주의를 주었다.

[가장 중요한 건 안전입니다. 일정도 중요하지만 다치지 않게 주의하십시오..]

[예이~ 그래도 금방 될 겁니다. 카니발 끝나기 전엔 새해도 없는 거죠.]

관계자들은 유쾌했다. 명언과 함께 흥을 돋웠다. 강윤도 웃었다.

[하하하. 잘 부탁합니다.]

시간은 빠르게 흘러 문제의 일요일, 과라나지의 대표를 만나려는 날이 밝았다. 통역을 위해 강윤은 제이콥과 함께 성당으로 향했다.

-……저는 오늘 세계 방방곡곡에 드려지는 미사와…….

미사 기도문이 울려 퍼지는 예배당 한편에 강윤 일행은 자리를 잡았다. 주변에는 민소매에 반바지, 슬리퍼를 신은 사람이 가득했다. 자유로운 브라질에 어울리는 미사 풍경이었다.

몇몇 동양인도 눈에 들어왔다. 덕분에 강윤을 보며 신기해하는 사람은 없었다.

[저 사람들입니다.]

제이콥은 앞줄에 자리 잡은 정장을 입은 신사와 하얀 원피스를 입은 소녀를 가리켰다. 자유로움이 물씬 풍기는 주변과 달리 그들이 앉은 곳은 고급스러움이 묻어났다.

미사 중간, 파이프 오르간과 함께 찬송이 울려 퍼졌다. 강윤은 온몸이 저려오는 걸 느꼈다. 합창도 아닌, 그냥 부르는 음악이라 어쩔 수 없었다. 뜻밖의 타격이었다.

'크윽.'

참을 수밖에 없었다. 입술을 깨물며 주먹을 꽉 쥐는 강윤을 보며 제이콥이 물었다.

[마스터, 괜찮으세요?]

[……네, 별일 아닙니다.]

찬송이 끝나자 저림도 멈췄다. 강윤은 안도의 한숨을 내쉬었다. 생각지도 못한 복병이었다. 미사 중간, 찬송이 몇 번이나 더 있었다.

'윽…….'

입술까지 깨물며 괴로움을 몇 번이나 견뎌야 했다.

우여곡절 끝에 미사가 끝나고, 강윤은 성당을 막 나서는 파울로를 찾아갔다.

[파울로 대표님?]

제이콥은 긴장하며 강윤의 말을 번역했다. 일 때문이다. 직감한 파울로 대표는 안색이 굳어갔다. 딸과의 시간을 방해 받은 탓이었다.

[……누구신지?]

[안녕하십니까. 셰무얼 존슨의 콘서트 후원 때문에 연락드렸던 이강윤이라고 합니다.]

[아, 그렇군요. 만나서 반가웠습니다. 그럼.]

파울로 대표는 제대로 눈도 마주치지 않고 딸의 어깨를 감싸곤 가려고 했다. 상대하기 싫다. 기분 나쁜 기색이 역력했다.

'아.'

실패다. 상대의 분위기에 제이콥은 눈을 감았다. 그때, 강윤이 나지막이 말했다.

[민진서 때문에 상의드릴 게 있습니다.]

제이콥은 발음하기 힘든 말까지 힘겹게 냈다. 그래 봐야 무슨 소용일까. 듣지도 않을걸.

그런데.

[아빠, 잠깐만. 잠깐만!!]

부녀의 발걸음이 멈췄다. 반응은 다른 곳에서 왔다. 딸이 아빠의 손을 팽개치더니 다가왔다.

[민진서? 당신, 한국 사람이에요?]

[맞습니다. 아, 드리고 싶은 게 있는데…….]

영어를 알아듣는지 소녀는 호기심을 보였다. 강윤은 가방에서 뭔가를 꺼냈다. 드라마 DVD였다. '멀리서 바라본 그대'라고 한국말로 쓰여 있었다. 소녀, 시엘라의 눈동자에 광채가 났다.

[이, 이거, 이거어!! 그렇게 찾고 있던 건데!! 여기 방영도 안 한 건데……!!]

[선물이에요.]

시엘라는 기뻐 뛰다 못해 눈물까지 흘릴 기세였다. 딸을 따라 급히 달려온 파울로 대표 입장에선 황당하기 그지없었다.

[당신 뭐죠? 시엘라, 모르는 사람이 주는 걸 함부로 받으면 안 된다고…….]

[다시 인사드립니다. 배우 민진서의 기획사 대표, 이강윤이라고 합니다.]

통역하는 제이콥은 무슨 소리인가 싶었다. 파울로도 마찬가지였다. 문제는 시엘라였다. 그녀는 강윤의 팔을 덥석 잡고는 볼을 비볐다. 브라질의 전통 인사, 볼 키스였다.

[시엘라, 뭐 하는…….]

[아빠, 집에 가자. 나 이분하고 이야기하고 싶어.]

파울로 대표는 황당했다.

집까지 가자고? 민진서가 대체 누군데? 아니, 저 사람이 누군데? 시엘라 재는 뭘 잘못 먹었나?

이해할 수 없는 일들이 계속되고 있었다.

'진서야, 땡큐. 맛있는 거 사줄게.'

자신을 바라보며 눈을 반짝이는 파울로의 딸, 시엘라는 바라보며 강윤은 미소 지었다. 이번에 연인 덕을 톡톡히 봤다. 시엘라는 브라질에 막 퍼지기 시작한 한류 열풍의 선봉장, 민진서의 열렬한 광팬이었다.

제이콥의 눈동자가 흔들렸다. 분명 처음 보는 소녀다. 난데없이 초대라니. 통역을 하면서도 이해하기 힘들었다. 마스터는 마술이라도 부리는 건지, 한눈에 봐도 콧대가 하늘 끝에 닿아 있는 부잣집 딸내미에게 어떤 마술을 부린 건지 신기하기까지 했다.

[시엘라.]

[아빠~ 앙. 응?]

[…….]

콧소리까지 내며 딸은 애교를 부렸다. 못마땅한 표정을 짓던 아빠는 녹아내려 마지못해 승낙했다. 강윤은 한 차례 거절하는가 싶더니 시엘라와 같은 차에 올랐다. 파울로 대표는 속이 끓었다. 할 수 없이 가드를 딸려 보냈다.

[여기예요.]

강윤 일행은 교외에 있는 대저택에 도착했다. 뒤에는 거대한 산, 앞에는 평원이 펼쳐진 아름다운 곳에 위치해 있었다.

시엘라는 강윤 일행을 정원으로 안내했다. 정원에는 정복을 입은 고용인들이 기다리고 있었다.

[여기 차하고요, 다과 좀 챙겨주세요. 최고급으로요. 내 손님들

이니까 최고급으로요.]

시엘라가 손짓까지 하며 지시하니 고용인들은 분주하게 움직였다. 5분도 되지 않아 정원 테이블에 차와 다과가 나왔고, 고요하던 정원에는 은은한 음악까지 흘렀다.

[아, 잠깐만요. 보여줄 게 있어요.]

시엘라는 잠시 자리를 비웠다. 은은한 음악 사이, 고용인들은 벽처럼 서 있었다. 제이콥은 긴장됐다. 마스터를 보니 태연했다. 답답해서 물었다.

[저, 마스터.]

[무슨 일인가요?]

[저희 이래도 되는 걸까요? 파울로가 화가 많이 난 것 같은데요.]

오붓한 시간을 방해한 것도 모자라 집까지 쳐들어왔다. 딸의 호감을 산 건 좋은데, 이대로 가면 계약은 요원해 보인다.

[이대로는 안 되겠죠. 부딪치면서 생각해 보죠.]

말과는 다르게 마스터는 태평해 보였다.

제이콥은 속이 탔다. 대체 무슨 생각인지.

[그러니까, 어떻게…….]

그때, 입구에서 인기척이 들려왔다. 시엘라였다. 손엔 커다란 브로마이드와 DVD, 사진집 등이 들려 있었다. 탁자 위에 내려놓은 걸 살펴보니 하나같이 민진서와 관련된 것들이었다. 강윤이 호감을 드러냈다.

[진서 것이군요.]

[헷, 이건 태양의 시대 찍었을 때 나온 거고요. 이건, 카페킹. 또 요건…….]

시엘라의 보조개가 파였다. 특히 DVD에 애착을 보였다. 포르투갈어 자막이 있는 것도 있었지만, 없는 것들도 상당수였다.

모두 힘겹게 수집한 것들이라고 했다. 진정한 민진서의 팬이었다. 팬답게, 민진서에 대한 프로필과 중요한 일들도 줄줄 꿰고 있었다.

[……중국에서 있었던 일은 이해가 안 가요. 작품이 별로니까 안 본 걸 텐데. 작가는 국가 마케팅이나 하고. 근데근데 민진서는 더 대박이에요. 중국에 밉보이면 연예인 활동 하기 힘들다고 하지 않았어요?]

[그런 것도 알아요?]

[아빠한테 들었어요. 중국은 국가 자존심이 강하다면서요?]

[맞아요. 국가관이 걸리면 그들은 다른 걸 보지 못해요.]

[그래서 민진서가 더 대단하다고 생각해요. 여군도 어울리고, 메이드복도 어울리고. 암튼, 뭘 해도 어울려요. 아, 나도 그런 연기자가 되고 싶은데…….]

시엘라는 한참이나 수다를 떨었다. 제이콥도 바빠졌다. 소녀의 수다를 있는 그대로 전달하기 위해 애썼다. 그 덕에 강윤은 소녀와의 대화를 수월하게 진행할 수 있었다. 시엘라는 대화에 신을 내다가 시무룩해졌다.

[근데요, 아빠는 연기 같은 건 돈 없는 애들이나 하는 일이래요. 공부 열심히 해서 회사나 나라를 이끌어야 한다고. 딴따라질은 취미로나 생각해도 된대요. 저기, 민진서 사장님. 사람은 하고 싶은 일을 하고 살아야 하는 거 맞죠?]

긴 수다 끝에 질문이 날아들었다. 소녀가 강윤을 저택까지 초대한 이유, 진로 고민 때문이었다.

이야기를 들으며 강윤은 짐작하고 있었다. 왜 처음 보는 자신을 여기까지 초대했는지. 보통 소녀는 아니었다.

[글쎄요. 쉽게 답을 할 수 있는 문제는 아닌 것 같네요.]

[말해주세요. 네? 민진서 사장님이라면 뭐라도 해주실 말이 있잖아요.]

소녀의 눈이 빛났다. 빨려들 듯 초롱초롱했다. 의미는 단순했다.

네가 원하는 걸 해.

강윤은 망설였다. 호감을 사기 위해선 그게 맞지만, 소녀의 미래를 생각하면 무겁게 해야 하는 말이다.

강윤이 막 입을 열려 할 때, 정원 입구에서 묵직한 목소리가 들려왔다.

[나도 궁금하군요. 우리 딸이 어떻게 해야 할지.]

하필이면.

난감한 타이밍이었다. 아버지 파울로가 정원에 들어섰다. 시엘라의 얼굴에도 난감과 어색함이 흘렀다.

[아빠.]

파울로 대표는 시엘라에게 눈웃음을 짓고는 강윤을 바라보았다. 이미 다 들었다는 눈치였다.

[제가 말을 끊었군요. 조금 전, 저희 딸애가 한 질문의 답을 주시지요. 괜찮으니까.]

통역하는 제이콥의 얼굴이 흙빛이 되었다. 괜찮다니, 전혀 괜찮지 않았다. 아버지와 딸의 가치관이 대립하는 상황이었다. 아버지 편을 들면 딸의 마음을 잃고, 딸의 편을 들면 아버지 마음을 잃는다. 침묵하면 어떻게 될지 몰랐다. 난감한 상황이었다.

[……후우.]

강윤은 짧게 한숨을 쉬었다. 아버지와 딸, 두 사람의 가치관이 극렬하게 대립하고 있었다.

어느 한쪽의 편을 들면 일이 어긋날 수도, 한쪽의 미래가 어그러질 수도 있었다.

[……됐어요. 크게 기대한 건 아니니까.]

시엘라가 돌아서며 의자를 뒤로 뺐다. 그때, 강윤이 말했다.

[시엘라 양이나 파울로 씨에 대해 잘 알지 못한다는 점, 양해를 구합니다. 지금부터 하는 말은 작지만 매니지먼트 업계에 종사하는 사람으로서 하는 말이라는 걸 들어주셨으면 합니다.]

[경청하지요.]

파울로 대표는 의자를 빼고 다리를 꼬았다. 시엘라도 다시 자리에 앉아 다리를 꼬았다. 나란히 앉은 폼이 영락없는 부녀였다. 마치 프레젠테이션을 듣는 바이어 같았다.

[시엘라 양은 배우가 되는 게 꿈이라 했지요?]

[네, 정말정말 되고 싶어요.]

[시엘라, 그런 딴따라보다 더 가치 있는 일을 찾으라고 했잖니.]

[아빠, 난 하고 싶은 일을……]

부녀간의 공방이 심해질 찰나, 강윤이 말을 잘랐다.

[파울로 씨, 잠시만요. 꼭 배우여야 합니까?]

[네.]

[아주아주?]

강윤은 몇 번이나 되물었다. 같은 말을 반복해도 시엘라는 힘주어 '네'라고 답했다. 파울로 대표가 못마땅한 눈초리로 끙 소리를 내며 팔짱을 끼었다. 강윤은 이를 무시한 채 시엘라에게만 시선을 고정했다.

[좋습니다. 시엘라 양 나이가 어떻게 되나요?]

[15살이요.]

[지금까지 오디션은 몇 번이나 봤죠?]

[오디션이요? 아직…….]

시엘라는 아버지를 바라보다가 강윤 쪽으로 눈을 돌렸다.

[……본 적 없어요. 한 번도.]

[괜찮으니까 솔직하게 말해주세요.]

[정말로 한 번도 없어요.]

[한 번도 없다. 알겠습니다. 그렇다면 배우가 되려면 어떻게 해야 하는지 알고 있나요? 계획이라도 좋습니다. 브라질이든, 어디든.]

[여기서 배우가 될 생각은 없어요. 브로드웨이나 할리우드로 나갈 거예요.]

[시엘라, 무슨 말도 안 되는 소리야!]

가만히 있던 파울로 대표가 펄쩍 뛰었다. 시엘라는 아버지를 외면했다. 이대로 가면 죽도 밥도 안 된다. 강윤은 세게 박수를 쳤다.

[파울로 씨, 지금은 그냥 들어주십시오.]

[내 딸이오. 내 딸. 내 딸 문제에 당신이 뭔데…….]

[이 문제로 계속 질질 끌려다니고 싶으시다면 말씀하십시오.]

강윤이 으름장을 놓자 파울로 대표는 눈빛을 부라리더니 의자에 깊숙이 몸을 묻었다. 강윤을 바라보는 안광이 더더욱 시퍼레졌다. 시엘라는 망설였다. 이런 식이었을 것이다. 강윤은 부드럽게 분위기를 끌어갔다.

[브로드웨이나 할리우드. 멋진 곳이죠. 제 동생 친구가 브로드웨이에 있는데, 매일이 즐겁다더군요.

[진짜요?]

[원하는 것을 하고 있으니까요.]

희윤의 유학 친구이자 브로드웨이의 뮤지컬 배우, 레이나에 대한 이야기를 하니 시엘라의 떨리는 눈빛이 호기심으로 채워졌다. 분위기가 조금 돌아왔다. 강윤이 다시 물었다.

[꿈을 위해서는 미국에 가겠군요.]

[네, 졸업하면 바로 그쪽으로 갈 생각이에요.]

[난 허락 못…….]

강윤은 파울로 대표를 제지했다. 그의 못마땅해하는 눈빛에도 아랑곳하지 않았다.

[좋습니다. 그렇다면 지금은 어떤 준비를 하고 있죠?]

[벌써 준비를 해야 하나요?]

시엘라가 순진하게 물었다. 강윤의 눈이 얇아졌다.

[연기란 만만하지 않습니다. 지금부터 준비를 하고 있어야죠.]

[방법을 잘 몰라요. 알았다면, 하고 있겠죠.]

[몰라서 하지 않았다?]

지망생들이 가장 많이 대는 핑계였다. 강윤은 부녀에게 가까이 다가왔다.

탕.

정원의 탁자를 가볍게 쳤다. 시엘라가 움찔했다.

[단순히 배우에 대한 동경 때문에 착각하고 있던 것 아닙니까?]

[네?]

영어였다. 강윤은 제이콥에게 손을 흔들었다. 통역하지 말라는 신호였다. 시엘라가 무슨 말인지 몰라 계속 되물었지만 강윤의 입에서 계속 영어가 튀어 나갔다.

[브로드웨이, 할리우드를 위해서는 영어는 필수입니다. 기본적인 언어조차 준비가 되어 있지 않은 겁니까?]

[무슨 말을 하는 거예요?]

시엘라는 같은 말만 반복했다. 그 시점에서 강윤은 고개를 흔들었다. 준비되지 않은 것이다. 파울로 대표는 팔짱을 끼었다. 반박할 여지가 없다. 시엘라의 눈에 분루가 어렸다. 강윤은 다시 통역을 해달라고 손짓하곤 말했다.

[시엘라, 지금 당신의 꿈은 진짜가 아닙니다.]

쾅.

시엘라의 가슴에 커다란 벼락이 쳤다. 파울로 대표마저 놀랐다. 계속 바람이나 잡으면 상황을 봐서 내쫓아버릴 생각이었다. 이 상황은 대체 뭔지. 예상과 너무 달라 당황스러웠다.

[당신도 똑같아!! 다 필요 없어!! 거짓말쟁이, 사기꾼!!]

[지금 시엘라의 꿈은 허상입니다.]

[꺼져!! 당신 같은 사람, 필요 없어!!!!]

시엘라는 자리를 박차고 나가 버렸다. 소녀의 여린 감성에 생채기를 내고 말았다. 강윤의 입가에 씁쓸함이 어렸다. 마지막 말을 통역 한 제이콥도 강윤을 걱정스레 바라보았다.

[아직 애인데 너무 심하게 하신 것 아닙니까?]

강윤도 입맛이 썼다. 소녀를 몰아붙였는데 기분이 좋을 리 없었다.

[어설프게 기웃대면 인생까지 망가질 수 있는 분야가 이 분야니까요. 만약 배우가 되는 게 진짜 꿈이라면 보란 듯이 준비를 하겠죠. 아니라면 여기까지일 겁니다.]

[소녀라지만, 여자란 존재는 무섭습니다. 마스터의 의도를 알지…….]

[동경을 꿈이라고 착각하고 살게 하지는 말아야죠. 인생이 걸린 일인데요.]

[흠흠.]

헛기침이 들려왔다. 다리를 꼬며 앉아 있던 파울로 대표였다. 두 사람의 시선이 그에게로 쏠렸다.

[참, 알다가도 모르겠군요. 음? 차가 식었군.]

포르투갈어가 아닌 영어였다. 발음이 조금 셌지만 강윤도 알아들을 수 있었다. 파울로 대표는 주변에 서 있던 고용인들에게 다시 다과를 내오도록 했다. 곧 모락모락 김이 올라오는 차와 다과가 다시 나왔다.

파울로 대표는 우아하게 찻잔을 들었다. 찻잔 아래로 안광이 세게 흘렀다.

[딸애가 데려온 사람이 오히려 훈계라. 재미있군요.]

[저런 경우를 많이 봐서, 심하게 말을 했습니다. 죄송합니다. 이대로 가면 미래가 망가질 수도 있어서 노파심에 오지랖을 부렸습니다.]

[미래? 하하하. 부모 같군요.]

부모이기에, 자식을 믿는 마음은 기본으로 깔려 있다. 객관적이지 않다. 잠깐 방황하는 거겠지. 연예인에게 너무 빠져 있긴 했지만, 배우가 되겠다는 걸 너무 심하게 외쳐 대긴 했지만. 살짝 기분 나쁘기까지 했다.

[동경을 꿈으로 착각해서 시간을 낭비한 이들이 있습니다. 조금이라도 막아봐야죠.]

[뭐, 좋습니다. 이번 일로 정신을 차리면 된 거니까. 한국의 월드 스테이션 회장. 세무얼의 콘서트 책임자. 현장을 좋아한다니, 서류놀이나 할 줄 아는 사람들하고 많이 다른 느낌이군요.]

파울로 대표는 찻잔을 내려놓고 오른손을 내밀었다.

[정식으로 인사하죠. 과라나지의 대표, 파울로 디스 레아 아모스(Paulo dis Rea Amos)입니다.]

[이강윤입니다. 세무얼의 리우데자네이루 콘서트를 책임지고 있습니다.]

두 사람은 악수를 나누었다. 우여곡절 끝에 바람이 잦아들고 있었다.

점유율 1위, 과라나지는 수성을 위해 획기적인 전략을 수

립해야 하는 상황이었다.

TV 광고나 전광판 등 다른 업체들이 사용하는 광고들은 이미 사용할 대로 했다. 그럴 때, 셰무얼의 콘서트 후원이라면 획기적인 광고가 될 수 있었다.

공연장 광고판에 가장 오래, 많이 과라나 음료의 광고를 노출시킨다. 관객들 모두에게 과라나 음료를 제공한다. 티저 영상, 티켓팅 등 모든 사이트에 과라나지의 후원을 가장 먼저 노출한다.

조건은 후했다. 대신 과라나지는 막대한 후원금을 지불한다. 셰무얼의 투어가 끝날 때까지. 모두가 윈윈하는 계약이었다.

[콘서트 시간이 4시간이라고 했나요?]

[맞습니다.]

[물량이 되려나 모르겠군요. 15만 명이라면, 20만? 18만? 예비로 찍어야겠군요.]

정확한 숫자는 실무진들의 협의하에 결정하기로 하고, 강윤과 파울로 대표는 사인한 계약서를 주고받았다. 계약이 성립한 것이다.

[감사합니다.]

[저야말로. 그래도 앞으로는 딸과의 시간은 존중해 주시길.]

[죄송합니다. 앞으로 이런 일은 없도록 하겠습니다.]

파울로 대표는 강윤의 손을 잡고 격하게 흔들었다. 남미식 악수로 두 사람의 만남은 좋게 마무리되었다.

♪♩♬♩♪♫♬♩♪

찰칵, 찰칵.

기자들의 목에 걸린 카메라가 빛을 뿜었다. 팬들의 함성도 뜨거워졌다. 밴에서 내려 급한 발걸음으로 걸어가는 6명의 여인을 향한 움직임이었다.

"아듀, 아리에스, 에디오스!!"

"민아야!! 사랑해애애~!!!"

"주연아!! 오빤 너밖에 없어~!!"

"한유, 한유!!"

관심이 집중되는 곳에 그녀들이 있었다. 에디오스. 한국을 넘어 아시아까지 접수한 위용은 공항에서도 드러났다. 그녀들이 가볍게 손을 들자 지진이라도 난 듯 함성 소리에 사방이 흔들렸다.

"삼순아~ 삼수나아~!!"

"아, 쓰읍."

꽃무늬 드레스를 입은 이삼순은 금기어(?)를 날린 팬들을 째려보았다. 웃음폭탄이 터졌다. 개성만큼이나 각자의 구호도 다양했다.

에디오스 멤버들은 저마다의 패션으로 출국장 앞 포토존에 섰다. 스트로보 세례에 눈도 뜨기 힘들었지만, 모두의 입가는 한껏 올라갔다. 30분도 안 돼서 공항 패션에 관한 기사가 올라갈 것이다.

일을 마친 후, 에디오스 멤버들은 출국장 안으로 들어섰다. VVIP들만이 쉴 수 있는 라운지로 향했다. 카메라도, 팬들도 없는 편안한 쉼터.

'한유야, 저 사람 저번에 그 사람 맞지? 베이징에서 봤던?'

신발을 벗고 발을 주무르려던 한주연은 실망감에 인상을 찌푸렸다. VVIP 라운지 구석에 앉아 있는 모범생 같은 청바지, 청자켓의 청청 패션의 남자가 있었다. 서한유도 치를 떨었다.

'저 사람도 있네요. 저기 저 아저씨도 봤던 사람 같은데…… 어? 저 애는 시안부터 따라왔던 사람들이네요.'

'미치겠다. 이사 언니.'

가만히 듣고 있던 정민아는 한숨을 돌리던 이현지에게 갔다. 노트북을 열어 막 일을 하려던 이현지는 자초지종을 듣곤 이마를 붙잡았다.

'공항에 말해놓을게요. 매니저들한테도 주의 주고.'

'언니이, 벌써 몇 번째인지 몰라요.'

'알았어요. 조금만 시간을 줘요. 보안요원을 아무나 구할 수는 없잖아요.'

발을 동동 구르는 정민아를 보니 이현지는 미안해졌다. 그렇다고 팬들을 억지로 붙잡으면 말이 많아진다. 진퇴양난이었다.

비행기에 탑승해서도 문제였다. 당연히 가장 비싼 퍼스트 클래스를 예매했다. 조금이라도 편안하게 가기 위해 퍼스트 클래스의 남은 좌석을 모조리 구매했다. 그런데 어찌 된 일인지 VVIP 라운지에 있던 사람 중 일부가 함께 탑승한 것이 아닌가.

'이사 언니…….'

에디오스 멤버들은 이현지를 애처롭게 바라보았다. 이현지도 아득해졌다. 비행기 좌석을 모조리 예매했고, 비행기 시간조차 비밀로 했건만. 팬들은 무서웠다.

"안녕하세요."

"하하하. 좋은 여행 되세요."

에디오스 멤버들은 이미지 관리를 해야 했다. 편안해야 할 10시간이 피로가 쌓이는 10시간이 되고 말았다. 심지어 정민아는 불편한 공항 패션을 그대로 입고 있었다. 책잡히기 싫다는 이유였다.

LA에 도착한 후, 이현지는 강윤에게 이 상황을 그대로 전달했다.

-……팬들의 열정이 대단하군요.

"팬들 칭찬만 할 게 아니죠. 가수들이 쉬지를 못하고 있어요. 컨디션만 망가지는 게 아니라고요."

강윤이 가볍게 이야기하는 것 같아 이현지는 강하게 토로했다. 막 샤워를 하고 나왔지만, 짜증은 쉽게 가라앉지 않았다. 해결책이 떠오르지 않았다. 강윤이라면 혹시? 묻고 싶었다.

-아무래도 사야 할 때가 된 것 같습니다.

"생각해 둔 해결책이 있나요?"

-전용기.

"아아, 전용…… 자, 잠깐만요. 회장님? 뭐라고요?"

전용기? 굴지의 대기업들이나 가지고 있을까, 말까 한다는 전용기? 지금 월드의 자본으로?

이현지는 손가락으로 귀를 팠다.

–전용기, 말입니다.

이현지는 손으로 눈을 가렸다. 잘못 듣지 않았다. 하여간. 강윤은 다 좋은데 과할 때가 있었다. 이런 건 말려야 했다.

"……마음은 감사히 받죠. 그런데 전용기 한 대 가격이 얼만지 아세요?"

–천억 정도 되는 건 필요 없습니다. 그보다 저렴한 것도 많이 있는 걸로 압니다.

"그렇죠? 그 저렴한 것도 500억은 훌쩍 넘어요. 기껏해야 30억 되는 자동차 사는 일하곤 달라요. 건물 때문에 비자금까지 탈탈 털어버린 상황에서, 전용기는 무리 아닐까요?"

–어떻게 안 되겠습니까?

아쉬운 한숨 소리와 함께 강윤은 다시 의견을 구해왔다. 이현지도 반대만 하지는 않았다.

"대여한다면 가능하기는 해요. MG도 몇 번 운영한 적이 있었고, 지예에서도 반년간 대여기를 운항한 적이 있었다고 하니까요. 하지만, 비용이 문제예요. 10억 이상은 각오해야 해요. 퍼스트 클래스 끊으면 몇천으로 끝낼 문젠데 굳이 억대까지 만들 이유는 없지 않을까요? 지예나 MG나 그래서 반년도 채우지 않고 운항을 관뒀어요."

–수지타산이 맞지 않는다는 말이군요?

"맞아요. 극성팬이야, 우리만 있는 건 아니었죠. 다시 생각해 줬으면 좋겠어요."

미국행에서 고충을 겪었지만 그녀는 냉정했다. 적게는 몇십억에서 많게는 수십 억이 들어갈 문제였다.

잠시 후, 짧은 한숨과 함께 답이 들려왔다.

–알겠습니다. 좀 더 생각해 보고 이야기하죠.

"회장님 마음은 다른 가수들에게도 말해둘게요. 모두 이해해 줄 거예요. 회장님만큼 모두를 생각하는 사람도 없다는 걸 아니까요."

–알겠습니다. 신중히 고려해 보겠습니다.

전용기에 대한 이야기는 여기까지였다. 강윤은 내일이나 모레쯤 방문하겠다는 말을 남기곤 통화를 마쳤다.

목욕 가운을 벗어 던진 이현지는 그대로 침대에 누워 버렸다.

"전용기라. 구름 속에서 몸을 지져 보고 싶다아~ 편안하게……."

비행기 내 최고급 서비스 중 하나라는 기내 사우나를 떠올렸다. 럭셔리한 라이프를 즐겨온 그녀였지만 기내 서비스와는 그리 인연이 없었다. 상상만으로도 행복해졌다.

강윤에게 내내 현실을 강변했지만 사실 전용기 갖고 싶었다. 에디오스와의 미국행을 생각하면 당장에라도 돈다발 싸들고 갈지도 몰랐다.

"돈이 웬수지. 암암."

이현지는 불도 끄지 않은 채 그대로 잠이 들었다.

♪ ♫ ♩ ♫ ♫ ♩ ♪

브라질에서 과라나지와 후원 계약을 마친 후, 강윤은 미국으로 돌아왔다.

브라질에서도 손꼽히는 음료 기업과 후원 계약이 이루어지니 다른 기업들에서도 스폰 문의가 쇄도했다. 덕분에 기획팀은 몰려드는 전화로 기쁨의 몸살을 앓아야 했다.

강윤이 콘서트에 합류한 지도 한 달하고도 절반이라는 시간이 흘렀다.

이제 지지부진했던 콘서트는 없었다. 경기장 중 가장 규모가 크다는 마라까낭 경기장을 섭외한 데 이어, 크리스마스에 맞춰 일정도 확정 지었다.

장소와 일정에 맞춰 콘티의 흐름과 방향도 확정했다. 모든 것이 물 흐르듯 진행되고 있었다. 모든 게 달라졌다.

셰무얼의 눈치만 보며 불안해하던 사람들의 모습도 없었다.

[사랑해, 마스터어~!!]

[강유운~~!! 잠깐 앉았다 가.]

브라질에서 돌아온 이후, 강윤은 스타가 되었다. 팀 어디에서도 환영받았다.

댄서팀원들은 귀엽다며 강윤을 끌어안기 일쑤였고, 스태프나 지원팀에선 큐시트를 봐달라며 조언을 구하는 사람들이 줄을 섰다.

처음에 그를 경계하던 이들은 자취를 감춘 지 오래였다.

리더로서 완전히 인정받은 것이다.

순조롭게 콘서트 일정을 진행해 오던 어느 날, 자정. 기획팀의 사무실은 환하게 불이 밝혀져 있었다.

[……이상입니다, 셰무얼.]

화이트보드 앞에서 열변을 토한 강윤은 펜을 내려놓았다. 셰무얼은 강윤이 적은 화이트보드의 메시지들을 읽으며 볼을 긁적였다.

[……최대한 간결하게 말하라는 거죠? 가급적 사람들과 눈도 맞추지 말고?]

[맞습니다.]

[아, 어렵네요. 그래도 이유가 있겠죠?]

셰무얼은 머리를 긁적이면서도 웃었다. 성격과 맞지 않는 요구였지만 따르겠다는 의미였다.

신뢰하는 마스터의 말인데 따라야지.

그는 손을 내려놓고 고개를 끄덕였다.

이제 날이 밝으면 세계 투어를 정식으로 발표하게 된다. 무대에 오르기 전, 사람들 앞에 서는 처음이자 마지막 자리였다.

뉴스 전문 채널에서 특별 생방송까지 편성할 정도로 사람들이 몰려든다. 몇 시간 뒤에는 티켓팅까지 있다. 분수령이 되는 날이었다.

뒷자리를 차지하던 사장단 중 한 사람이 손을 들었다.

[과거의 투어들과는 다르군요. 티저야 당연한 거지만, 싱글 공개는 신선합니다. 그런데 의문이 들어요. 사람들한테 직접 질문도 받

고, 다가가기도 해야 홍보도 되고 호감도 살 텐데. 필요한 말만 하고 내려오면 건방지다는 말을 듣지 않을까 걱정되는군요.]

[호기심을 끌어내기 위해섭니다.]

[호기심? 기사를 양산하지 않을까 걱정이군요.]

강윤의 답에 사장단이 웅성거렸다. 좋은 길 놔두고, 왜 거친 길을 가느냐는 의미였다. 지원팀이나 기획팀은 흔들림이 없었지만 경영진은 달랐다. 돈이 걸렸으니 민감했다.

강윤은 다시 펜을 들었다.

[걱정하시는 부분이 어느 부분인지 압니다. 크게 걱정하지 않으셔도 괜찮습니다. 셰무얼이 그동안 쌓아놓은 것이 많아서 사용할 수 있는 방법입니다. 셰무얼의 이미지는 높지만, 친근합니다. 대중 앞에 잘 나서지는 않았지만, 팬서비스를 누구보다 잘해왔으니까요. 이런 이미지를 최대한 활용할 생각입니다.]

[정리하면, 이미지와 반대되는 행동으로 궁금하게 만들겠다. 이 말이지요?]

사장단 중 중앙에 있던 사람의 말에 강윤은 고개를 끄덕였다.

[맞습니다. 셰무얼에 대한 이미지가 굳건하지 않았다면, 쓸 수 없는 방법입니다. 어? 셰무얼이 왜 저러지? 무슨 일 있었나? 사람들은 호기심을 가질 테고, 그것이 움직이는 동력이 될 겁니다. 그렇게 되면 기사가 만들어지고, 소문이 되겠죠. 그 소문이 커지면……]

[소문의 종착점이 티켓이 되게 하겠다? 허허허.]

사장단 중 머리가 없는 남자가 흐뭇한 웃음으로 답했다. 강윤도 활짝 웃었다.

[이번 발표에서 셰무얼은 소금과 같은 역할을 하는 겁니다. 음식 재료는 싱글과 티저 등 준비한 자료들입니다.]

[우린 주방장인가?]

[아니, 보조들이지.]

강윤의 설명과 사장단의 농담이 흘러갔다. 분위기는 화기애애했다.

소금. 내일 발표를 할 셰무얼의 역할과 가장 잘 어울리는 표현이었다. 그 어느 때보다 짧게 노출되는 셰무얼이지만, 중요한 역할이다. 너무 길면 짜지고, 적으면 싱거워진다. 매우 중요했다.

사장단이 납득하자 강윤은 펜을 내려놓았다.

[후아암…… 아, 미안해요.]

긴장이 풀려서일까. 셰무얼은 저도 모르게 하품을 하다가 입을 가렸다.

강윤은 매니저에게 눈짓해서 셰무얼을 쉬게 했다. 셰무얼은 괜찮다고 했지만 강윤이 만류했다. 내일 소금 역할을 위해서 그는 최고의 컨디션을 유지해야 했다.

[미안해요, 강윤. 먼저 가서 쉴게요. 다들 너무 무리하지 말고, 일찍 쉬어요.]

셰무얼이 돌아간 후, 남은 사람들은 회의를 이어갔다. 내일 발표에서 공개할 티저와 싱글, 방송국과의 협의 등 점검할 사안이 많았다.

덕분에 강윤과 기획팀, 지원팀은 밤새도록 잠을 이루지 못했다.

다음 날, 정오.

간단히 아침 연습까지 마친 셰무얼은 만반의 준비를 갖추고 연습실을 나섰다. 발표가 있는 LA 스테이플 센터로 가기 위함이었다.

입구를 나서려는데, 벌게진 눈으로 정신없이 서성이는 이가 있었다. 강윤이었다.

[강윤, 눈이 토끼가 됐어요.]

셰무얼은 걱정스러운 얼굴로 발걸음을 멈췄다. 마스터는 또 사무실에서 잔 것이 분명했다.

[아, 그렇습니까? 어쩐지, 침침하더군요.]

[남 일같이 말하지 말아요. 또 사무실에서 잤죠?]

[항상 있는 일이네요.]

강윤이 웃었지만, 셰무얼은 눈매를 좁히며 혀를 찼다.

[쯧쯧. 이럴 줄 알았어요. 호텔이 아깝네요. 안 되겠어요. 같이 가요.]

[아닙니다. 전 따로…….]

[강윤.]

셰무얼은 드물게 인상을 썼다. 먼저 출발하라며 강윤이 고집을 부렸지만 셰무얼의 고집을 꺾을 순 없었다. 결국 강윤은 셰무얼이 타고 다니는 중형 버스에 올랐다. 밴보다 편의시설이 많은 특별히 제작한 버스였다.

[도착하려면 두 시간 정도 걸리니까, 눈 좀 붙여요.]

셰무얼은 뒷좌석에 마련된 침대에 강제로 눕혀 버렸다. 강요 섞인 친절에는 강윤도 당할 도리가 없었다.

[……감사합니다, 셰무얼.]

곧 강윤에게서 숨소리가 들려왔다. 잠깐 사이에 깊은 잠에 빠져들었다.

[뒤에 불 좀 꺼줘요, 헥스. 운전 천천히 부탁해요.]

셰무얼이 부탁하자 버스 기사도 모자를 고쳐 쓰며 제스처를 했다. 이전보다 고요히, 버스는 목적지로 향해갔다.

약 두 시간을 달려 LA 스테이플 센터 근교에 도착했다. 수만 명을 수용할 수 있는 시설답게 거대한 위용을 자랑했다. 버스를 뚫고 소음까지 들려오고 있었다.

"……대단하군."

스테이플 센터가 내려다보이는 언덕에서, 강윤은 귀신같이 일어났다. 도착하면 깨우려고 했던 셰무얼은 어이없다는 웃음을 흘렸다.

[좀 더 자요.]

[괜찮습니다. 셰무얼, 전 먼저 가 있겠습니다.]

[같이 가요. 거기에 진행팀도 있잖아요. 강윤은 쉬는 게……]

[아닙니다. PD님 만나서 해야 할 일도 있어서요.]

호의를 정중히 사양한 강윤은 기획팀원 조시를 불러 스테이플 센터로 향했다.

목에 직원임을 나타내는 목걸이를 찬 후, 강윤은 스테이플 센터에 들어섰다.

입장이 시작되지 않았지만, 내부도 정신없었다. 스태프들이 분주하게 리허설에 한창이었다. 사회자인 유명 코미디언에 무대 위에서 마이크를 맞추는 중이었다.

강윤은 무대 뒤편으로 향했다. 그곳에 지원팀과 기획팀이 뒤섞여 정신없이 움직이고 있었다.

[마스터, 여기 큐시트요.]

지원팀 한 사람이 강윤에게 2장의 서류를 건넸다. 최종 큐시트였다. 강윤은 주머니에 꽂아둔 펜을 들어 필요한 부분을 체크했다.

[아, 노래라도 하나 해주면 좋았을 텐데…….]

강윤이 고개를 들어보니 PD가 그의 앞에서 한숨짓고 있었다. 누가 봐도 서운하다는 감정이 내비쳤다. 특별 방송까지 편성했는데, 노래 한 곡 부르지 않는다는 걸 알고 실망한 눈치였다.

큐시트를 내려놓고, 강윤은 PD 쪽으로 시선을 돌렸다.

[PD님, 잠시만…….]

강윤은 PD에게 다가가 귓가에 대고 속삭였다.

[자료실에 물건이 하나 갔을 겁니다.]

[물건?]

[셰무얼 리허설 자료.]

[흡!!]

PD의 눈이 휘둥그레졌다. 라이브의 위용에 뒤지지 않는 자료였다. 지금까지 단 한 번도 공개한 적이 없어 두고두고 사용할 수 있는 자료였다.

PD의 표정이 변하자 강윤은 한 발자국 물러나며 회심의 미소를 지었다.

[앞으로 잘 부탁드립니다.]

[허허허허허. 허허허.]

PD는 강윤의 팔을 가볍게 두드리곤 냅다 뛰어갔다. 자료를 보기 위함이었다. 그의 머릿속엔 언제, 어떻게 써먹을지, 청사진이 그려지고 있었다.

와아아아아아아-!!

입구에서 엄청난 함성이 들려왔다. 강윤이 시계를 보니, 정각이었다.

옆의 모니터에 셰무얼이 들어오는 모습이 비쳤다. 셰무얼은 경쾌하면서도 기품 있는 발걸음으로 레드카펫을 밟으며 들어섰다.

평소의 온화한 눈빛은 선글라스로 가린 채, 정면만을 응시하고 있었다. 대스타다운 도도한 면이 한껏 드러났다.

'좋아.'

강윤은 만족스러웠다. 과연 셰무얼이었다. 어제 이야기했던 것들을 완벽하게 소화하고 있었다. 화면 안의 셰무얼은 붉은 커튼이 내려온 무대 위에 올라 가볍게 손을 들었다.

[셰무얼!! 셰무얼!!]

셰무얼을 외치는 소리가 사방에 메아리쳤다. 단상 위에 손을 얹고, 사방을 둘러본 그는 가볍게 응수했다. 함성은 더더욱 커져 갔다. 다시 마이크를 잡자 '셰무얼'을 외치는 함성 소리는 극에 달했다.

[아아.]

[셰무얼!! 셰무어-- 얼!!]

[감사합니다. 오늘, 이 자리에서……]

[셰무얼!! 셰무얼!!]

[이 이야기를 할 수 있게 된…….]

[셰무얼!! 셰무얼!! 셰무어어얼!!!!]

함성은 셰무얼의 목소리마저 집어삼켰다. 모래알같이 많은 사람이 한목소리로 그를 외쳤다. 셰무얼은 머쓱한 웃음과 함께 다시 한번 손을 들었다.

[와아아아--!!]

1, 2…… 5, 10초.

사람들의 환호성이 스테이플 센터를 집어삼켰다. 속에 있는 걸 다 털어놓고서야 기세는 조금씩 잦아들었다. 그제야 셰무얼은 다시 마이크를 잡았다.

[사랑하는 여러분 앞에서 이 이야기를 하게 되어, 기쁘고, 또 기쁘게 생각합니다.]

[와아아아아아아아아아아!!!!!!!!!]

[전 이제 네 번째, 세계 투어를 시작합니다. 브라질 리우, 마라까낭 경기장!!]

[와아아아아아아아아아아아아아아아아아아!!!!!!!!!]

절정이었다. 세상이 떠나갈 듯한 기세였다. 셰무얼을 외치는 소리가 스테이플 센터를 요동쳤다. 벽과 기둥에 진동까지 느껴졌다. 사람들이 다시 잠잠해졌을 때, 셰무얼이 다시 말했다.

[이번 투어를 마지막 커튼콜로 여기며 모든 불꽃을 태울 겁니다.]

[와아아아아!!]

사람들의 함성을 뒤로한 셰무얼은 붉은 커튼 뒤로 사라

졌다.

그때였다.

[잠깐, 마지막?]

[무슨 말이야? 이제 콘서트 안 한다고?]

관중들 사이에서 이상한 낌새가 드러나기 시작했다. 작은 웅성임이 발생했다. 동요가 시작되었다. 셰무얼을 외치는 소리는 여전한 가운데, 조금씩 퍼져 가고 있었다.

기획진이나 출연진, 심지어 항상 붙어 다니는 매니저조차도 이런 반응을 예상하지 못했다. 당황스러웠다.

가장 먼저 정신을 차린 건 강윤이었다. 그는 서둘러 무전기를 들었다.

[PD님, 아까 드린 영상 틀어주십시오.]

[다음 진행은 사회자가…….]

[빨리!!]

강윤은 사방이 떠나가라 외쳤다. 그 바람에 주변의 모든 시선이 일제히 그에게 쏠렸다.

다행히 효과가 있었는지 PD도 정신을 차리곤 빠르게 지시를 내렸다. 곧 영상이 재생됐다. 강윤이 PD에게 건넨 리허설 영상이었다.

PD는 눈물을 삼켰다. 아끼고 아껴서 두고두고 우려먹으려고 했는데…….

세션들과 연습하는 셰무얼의 모습부터, 댄서들과 호흡을 맞추는 모습 등 다양한 리허설 영상들이 공개되었다.

—강윤, 그때 물어봤었죠? 어떤 걸 보여주고 싶은지?

—떠오른 게 있습니까?

영상 안의 셰무얼은 서류를 든 강윤에게 다가왔다. 땀으로 범벅이 된 셰무얼이나, 서류를 든 꾀죄죄한 강윤이나 피장파장이었다. 눈만이 밝게 빛나고 있었다.

—드디어 났어요. 아, 이번엔 이거예요.

—기대되네요.

강윤이 묻자 셰무얼은 활짝 미소 지으며 강윤의 서류에 유려한 필체로 한 단어를 적었다.

—HEAL.

이번 투어에서 셰무얼이 외치고 싶은 한마디였다. 다른 리허설 장면으로 이어지려고 할 때, 강윤이 다시 무전을 했다.

[싱글 뮤비. 틀어주세요.]

PD는 이때다 싶어 지시를 내렸다. 수많은 촛불을 든 사람들이 스크린에 모습을 드러냈다. 나이, 인종, 성별 구분 없이 다양한 사람들이 섞여 있었다. 그 가운데, 셰무얼이 모습을 드러냈다.

—Woo——

허밍이 퍼져 갔다. 셰무얼은 미끄러지듯 춤을 추었다. 어린이들의 허밍이 이어지고, 어른들은 자유롭게 몸을 흔들었다. 인트로였다. 자유롭고 평온한 모습이 사람들을 사로잡았다. 평온하면서도 행복해 보이는 얼굴에 끌리기라도 한 듯.

—Who can Heal we, I need happy but…….

셰무얼의 부드러운 목소리와 함께, 사람들의 하모니가 함께 울렸다. 콘서트를 위해 만든 노래, 'HEAL'이었다.

셰무얼은 사람들 사이를 종횡무진 미끄러졌다. 리듬도 느리지 않았다. 행복하고 평온해 보이는 분위기에 반해, 리듬은 꽤 빨랐다. EDM 효과마저 간간이 섞여 나왔다.

중요한 건 동요하던 사람들의 시선, 생각을 이 뮤비가 강탈해 버렸다는 것이다.

"휴우."

모니터로 상황을 지켜보던 강윤은 그제야 안도의 한숨을 내쉬었다. 자리를 이탈하려는 움직임을 보였던 뒷좌석이 다시 평온해졌다. 이제, 원래대로 진행해도 될 것 같았다.

뮤직비디오가 끝나자마자 붉은 커튼을 젖히고 셰무얼이 얼굴만 빼꼼히 내밀었다.

"I LOVE YOU."

[와아아아아아아아아아--!!!!]

붉은 커튼 뒤로 셰무얼은 다시 모습을 감추었다. 그의 깜짝 등장에 사람들은 다시 환호성을 질렀다. 이게 마지막 결정타였다. 그들 사이에서 커튼콜 이야기는 더 이상 중요하지 않았다.

[셰무얼!! HEAL!! 셰무얼!!]

이후 수 시간 동안 셰무얼과 'HEAL'을 외치는 소리가 스테이플 센터를 뒤흔들었다.

-마지막 커튼콜? 셰무얼의 의도는?

–네 번째 세계 투어에 나선 셰무얼, 첫 장소는 브라질.
–이전과 달라지다? 10분 만에 발표 마친 셰무얼. 의도는?

스테이플 센터의 동요는 막았지만 기사까지 막는 건 무리였다. 호기심을 끄는 데는 성공했다. 그것도 엄청난 대성공이었다.

[말도 없이 그런 말을 하면 어떡합니까?]

셰무얼에게 독대를 청한 강윤은 인터넷 기사까지 보여주며 타박했다. '커튼콜'과 관련된 기사들이 양산되고 있었다. 민망했는지 셰무얼도 강윤을 보며 어색하게 웃었다.

[미안해요, 강윤. 멋있는 말인 것 같아서 해본 말이었는데…….]

결국 해프닝이었다. 강윤은 헛웃음이 나와 버렸다. 자신이 생각해도 어이가 없었는지 셰무얼이 조심스럽게 물었다.

[내가 많이…… 힘들게 했어요?]

[이번엔, 그런 것 같네요.]

[미안해요, 강윤.]

셰무얼은 강윤을 향해 고개를 숙였다. 이 바닥에서 말이 무섭다는 건, 그도 잘 알고 있었다.

잠시 이마를 긁적이던 강윤은 다시 입을 열었다.

[다음엔 조심해 주세요. 그래도 의도하고는 다르지만, 시선 끄는 데는 성공했으니까 이번엔 넘어가겠습니다.]

[그래요? 다행이다.]

[그래도!!]

강윤은 셰무얼을 째려보았다.

[다음부턴 꼭!! 조심하깁니다.]

[알았어요. 약속할게요.]

셰무얼에게 몇 번이나 주의를 준 강윤은 원래 사무실로 돌아갔다.

[마스터.]

기획팀과 지원팀, 사장단 일부가 강윤을 기다리고 있었다.

[시작했나요?]

[2분 뒤입니다.]

기획팀원 조시가 시계를 가리켰다.

오늘 하루는 무척 길었다. 한 고비가 지났지만, 아직 한 고비가 더 남아 있었다. 진짜 고비일지도 몰랐다.

[시작이군요.]

강윤은 자리에 앉았다. 모니터에는 티켓팅 현황판이 켜져 있었다. 리우 콘서트 티켓팅이 시작된 것이다.

to be continued